Thomas Brezina

Die Knickerbocker-Bande®

Es tanzen die Vampire

19 Ratekrimis

Band 7

Ravensburger Buchverlag

Die Knickerbocker-Bande

NAME: Axel Klingmeier
SPITZNAME: Früher Schrumpfkopf und Gnomi
ALTER: fast 14 Jahre
STERNZEICHEN: Steinbock
COOL FINDE ICH: Sport
TOTAL UNCOOL: Langweiler, Oberlehrer, Wichtigtuer
LIEBLINGSSPEISE: Alles
BESONDERE KENNZEICHEN: Bin früher oft verspottet worden, weil ich klein bin. Heute traut sich das keiner mehr. Habe trainiert und bin der beste Sportler geworden.

NAME: Lieselotte (Lilo) Schroll
SPITZNAME: Superhirn
ALTER: fast 14 Jahre
STERNZEICHEN: Krebs
COOL FINDE ICH: Skifahren, Rafting, Krimis, starke Ideen und Mut
TOTAL UNCOOL: Feiglinge; Leute, die nicht lachen können, Trauerklöße
LIEBLINGSSPEISE: Chinesisches Essen (ich kann sogar mit Stäbchen essen)
BESONDERE KENNZEICHEN: Habe zwei blonde Zöpfe, auf die ich besonders stolz bin.

NAME: Paula Monowitsch
SPITZNAME: Poppi
(Paula finde ich einen Horrornamen)
ALTER: fast 10 Jahre
STERNZEICHEN: Fische
COOL FINDE ICH: Meine Tiere, Tierschutz-Organisationen, Poster
TOTAL UNCOOL: Tierquäler;
Leute, die behaupten, nie Angst zu haben
LIEBLINGSSPEISE: Fruchtsalat und Melonen, aber kein Fleisch
BESONDERE KENNZEICHEN: Ich besitze einen Minizoo.

NAME: Dominik Kascha
SPITZNAME: (verrate ich nicht)
ALTER: fast 11 Jahre
STERNZEICHEN: Waage
COOL FINDE ICH. Lesen, Rätsel, Leute mit Durchblick und gutem Gedächtnis
TOTAL UNCOOL: Quatschköpfe, erhobene Zeigefinger, strenge Erwachsene
LIEBLINGSSPEISE: Spaghetti
BESONDERE KENNZEICHEN: Meine Eltern sind Schauspieler, und auch ich stehe bereits auf der Bühne und vor der Filmkamera.

DIE KNICKERBOCKER BANDE

Der Name Knickerbocker-Bande entstand ...

☐ als Axel, Lilo, Poppi und Dominik von Lord Conrad of Knickerbocker ausgezeichnet wurden, weil sie seinen entlaufenen Mops gefunden hatten,

☐ ***als Axel einen Weltrekord aufstellte und in 22 Knickerbocker-Hosen in nur 30 Sekunden Löcher gebissen hat,***

☐ als Poppis Papagei zum ersten Mal ein Wort von sich gab und es sich nach „Knickerbocker" anhörte,

☐ ***als die vier den Zeichenwettbewerb einer Lederhosenfirma gewannen und einander bei der Preisverleihung kennen lernten,***

☐ als Dominik der jüngste Student an der Knickerbocker-Universität wurde,

☐ ***als Lieselotte das Rätsel der jodelnden Knickerbocker-Hosen gelöst hat,***

☐ als Axel, Lilo, Poppi und Dominik sieben entsprungene Knickerbocker-Hosen wieder eingefangen haben,

☐ ***als der Song „Knickerbocker Kiss" in der Hitparade auf Platz 1 landete.***

Richtige Erklärung bitte ankreuzen. Die Lösung steht auf Seite 119.

HALLO!

SUPER-WICHTIG!

Möchtest du Mitglied der Knickerbocker-Bande werden?

Du bist auf dem besten Weg dazu! In diesem Buch findest du viele Knickerbocker-Abenteuer, die du selbst lösen kannst! Lass deine Gehirnzellen rotieren und komm den Tätern auf die Spur! Wenn du es nicht gleich schaffst, denk an das Knickerbocker-Motto:

Ein echter Knickerbocker lässt niemals locker!

Hier noch wichtige Tipps, bevor du dich auf heiße Spuren begibst:

- Die Lösungen der Fälle sind verschlüsselt. Mit deiner Codekarte kannst du sie entziffern.
- Die Fälle sind unterschiedlich schwierig:

 = Fall zum Grübelzellen-Aufwärmen

 = Schmalspur-Schnüffler-Fall

 = Hobby-Detektiv-Fall

 = Meister-Detektiv-Fall

 = Super-Knickerbocker-Fall

- Jeder von uns Knickerbocker-Freunden geht in eine andere Schule und hat auch dort schon einige Rätsel gelöst. Fälle aus der Schule erkennst du an diesem Stempel:

- Mini-Krimis kannst du schnell lösen, wenn du wenig Zeit hast.

- Maxi-Krimis bringen dir spannende Abenteuer und viel Ratespaß.

@ Außerdem erfährst du in diesem Buch Knickerbocker-Tricks!

@ Falls du Fragen hast, dann schreib uns:

Knickerbocker-Bande
Postfach 177
A – 1238 Wien

Und jetzt auf ins Abenteuer! Viele heiße Spuren wünschen dir

Die Abenteuer-Knickerbocker-Codekarte

➡ Mit deiner Codekarte kannst du die Lösungen der Krimis entschlüsseln oder selbst Geheimbotschaften schreiben, die nur Knickerbocker entziffern können.

So entschlüsselst du die Krimi-Lösung:

➡ Lege die Karte mit der roten Seite nach oben auf das Lösungsfeld, sodass das Knickerbocker-Logo rechts steht. Die obere Kante der Karte und die obere Linie des Buchstabenfeldes müssen genau übereinander liegen. Jetzt tauchen in den Löchern die ersten Buchstaben der Lösung auf. Schiebe die Karte nun Reihe für Reihe nach unten, bis du die vollständige Lösung gelesen hast:

falsch:

richtig:

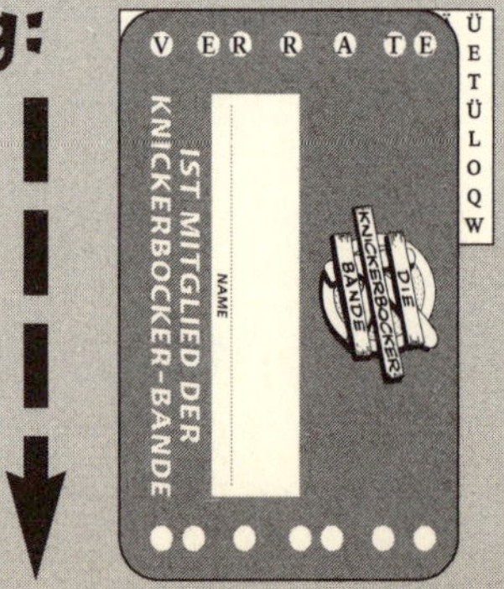

Wenn die ersten Buchstaben, die du in den Löchern siehst, keinen Sinn ergeben, musst du die Karte anders auf das Lösungsfeld legen: Wieder mit der roten Seite nach oben, sodass das Knickerbocker-Logo rechts steht. Aber jetzt legst du die untere Lochreihe auf die erste Zeile des Lösungsfeldes. Falls in der ersten Zeile die Lösung noch nicht beginnt, schiebe die Karte eine Zeile tiefer. Spätestens dann ergeben die Buchstaben in den Löchern einen Sinn.

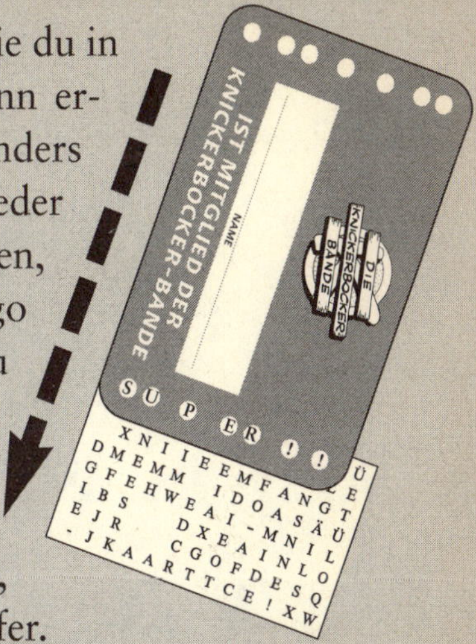

Beispiel:
Was heißt das?

Z	B	V	C	D	E	W	S	A	Q	Ö	Ä	Ü
V	U	E	R	R	R	Ö	A	Ä	T	E	L	E
	X	N	I	I	E	E	M	F	A	N	G	T
D	M	E	M	M		I	D	O	A	S	Ä	Ü
G	F	E	H	W	E	A	I	-	M	N	I	L
I	B	S			D	X	E	A	I	N	L	O
E	J	R			C	G	O	F	D	E	S	Q
-	J	K	A	A	R	T	T	C	E	!	X	W

Lösung:
Verrate niemandem das Geheimnis deiner Code-Karte!

FÄLLE TIPPS

In den Kästchen kannst du ankreuzen, welche Fälle du schon gelöst hast.

& Tricks

Ein Fußball wird entführt

„Trixi ist ein mieses, blödes Biest und am liebsten würde ich ihr in die Fresse hauen!“, tobte Marco. Zum Beweis versetzte er seinem Punchingball (= Boxtrainingsgerät) einen festen Faustschlag.

„Reg dich ab, Marco!“, riet Axel dem schlagkräftigen Jungen.

„Erzähl lieber endlich, was Trixi dir Entsetzliches angetan hat!“, forderte ihn Lieselotte auf.

„Die Sumpfziege hat meinen Fußball entführt. Das ist der Fußball, auf dem die gesamte Nationalmannschaft unterschrieben hat. Und jetzt fordert die Seegurke Lösegeld. Sie will mein Taschengeld von ***drei*** Monaten!“

Marco trommelte wild auf den Boxball und drehte sich dann einen Augenblick weg. Das hätte er allerdings nicht tun sollen. Der Punchingball schwang zurück und traf ihn auf den Rücken, sodass er nach vorne geschleudert wurde. Der verdutzte Junge landete in Lilos Armen.

„He, was soll das sein? Eine Liebeserklärung?“, spottete Dominik.

Marco richtete sich energisch wieder auf und schnaufte: „Natürlich nicht!“ Er zog einen zerknitterten Brief aus der Hosentasche und reichte ihn der Knickerbocker-Bande. „Willst du deinen Fußball wieder sehen, dann lege 300 Mäuse in den Papierkorb im Park beim Spielplatz“ stand darauf. Der Fußball-Entführer hatte sich die Mühe gemacht und jeden Buchstaben einzeln aus der Zeitung ausgeschnitten.

„Wann ist der Fußball eigentlich gestohlen worden?“, fragte Lieselotte.

Marco wusste es genau. „Vor zehn Minuten lag er noch in meinem Zimmer. Als ich kurz ins Bad gegangen bin, ist er verschwunden. Dafür war dieser Käsezettel da.“

„Und wo steckt Trixi?“, erkundigte sich Poppi.

Marco deutete mit dem Daumen nach unten. „In der Küche, aber sie behauptet, nichts mit der Sache zu tun zu haben. Macht euch nützlich, Leute, und prügelt die Wahrheit aus ihr heraus!“, verlangte der Junge.

„Wir prügeln nicht!“, sagte Lilo scharf. „Wir haben andere Methoden zu erfahren, was los ist.“

Die vier Junior-Detektive marschierten in die Küche, wo Trixi – Marcos große Schwester – den

Geschirrspüler einräumte. „Tagchen. Schön, dass ihr mein Brüderchen wieder einmal besucht. Bubi braucht Freunde zum Sandspielen!“, ätzte das Mädchen, das sich viel darauf einbildete, bereits 16 Jahre alt zu sein.

„Hör zu, Trixi, wir sind keine Sandkistenkinder, sondern Detektive!“, fauchte Axel.

„Babykram!“, spottete Trixi.

Lieselotte pflanzte sich vor ihr auf und fragte: „Sag, wo warst du in der vergangenen Viertelstunde, als Marcos Fußball entführt wurde?“

Trixi bekam einen Lachkrampf. „Ein Fußball ... entführt ... hahaha! Aber ich verweigere die Aussage nicht, Frau Kommissar!“, flötete sie theatralisch. „Ich saß hier in der Küche und habe einen Teller frisch gepflückte Blaubeeren gegessen. Die sind nämlich sehr gesund und gut für die schlanke Linie. Aber davon versteht ihr nichts!“

Lilo überging diese Frechheit. „Hast du Beweise oder Zeugen?“, forschte sie weiter.

Trixi deutete in den offenen Geschirrspüler, wo ein blau verschmierter Teller stand. „Zufrieden?“, fragte sie und grinste von einem Ohr zum anderen. Wie ein Löwe präsentierte sie drohend ihre strahlend weißen Zähne. Wie ein Löwe, der demnächst zubeißen würde.

„Ja, wir sind zufrieden!“, sagten die vier Junior-Detektive im Chor. „Vor allem haben wir einen neuen Fall gelöst. Du rückst am besten sofort den Fußball heraus, oder sollen wir dein Zimmer durchsuchen? Dabei finden wir bestimmt ein paar witzige Liebesbriefe!"

Entsetzt rannte Trixi los und brachte tatsächlich den Fußball zurück. „Wie seid ihr darauf gekommen?", fragte sie völlig verwirrt.

„Weil du geschwindelt hast und wir dir dahinter gekommen sind!", sagte Dominik cool.

Die vier waren eben doch keine Sandkistenkinder!

KRIMI-FRAGE:

Was hat Trixi verraten?

KRIMI-LÖSUNG:

B	L	R	A	Z	U	B	%	E	(	E
R	E	G	N	C		M	$	A	X	C
H	E	/	N	B		B	I	L	/	Ä
U	E	F		B	Z	Ä	?	H	G	N
E	.	B		F	T	R	/	I	D	X
I		U	H	A	A	T	"	T	/	E
W	E	?	I	V	S	S	$	E	F	!
F	E	G	B	H		/	U	K	O	L
J	N	Z	I	)		=	?	Ö	*	M
F		M	:	;	I	U		F	E	R
H	R	T	&	$	D		"	!	S	W

Es tanzen die Vampire

„Ich kann es nicht fassen!“, kicherte Dominik und reichte das Fernglas an Poppi weiter. „Erwachsene Menschen spielen Vampire!“, lachte das Mädchen. Auch Lilo und Axel hatten schon einen Blick auf das seltsame Spektakel geworfen, das sich in Schloss Eulenmoor abspielte.

Die Knickerbocker-Bande hatte es sich in einer kleinen Laube bequem gemacht, die sich im Park vor dem Schloss befand. Hier hielten sie nicht nur ihr Mitternachtspicknick ab, sondern beobachteten zur Unterhaltung auch das Fest, das im Schloss stattfand.

Der Besitzer des alten Gemäuers, ein gewisser Adalbert Röderer, liebte es, alles anders zu machen als die anderen. Ostereier suchten seine Kinder nie zu Ostern, sondern zu Weihnachten, dafür aber kam der Weihnachtsmann im Hochsommer im Schlauchboot über den See gefahren und brachte Geschenke.

Während überall anders Kostümfeste im Fasching stattfanden, lud er seine Gäste stets im Oktober zu einem Maskenball. In diesem Jahr stand der Ball unter dem Motto „Tanz der Vampire" und jeder Besucher war aufgefordert worden, als Vampir verkleidet zu erscheinen. Ein schwarzer Frack, ein schwarzer Umhang mit blutrotem Futter und eine weiße Maske, auf die lange Vampirzähne, dunkle Augenringe und kleine Blutstropfen gemalt waren, galten für die Herren als Pflicht. Die Damen durften uralte Gewänder tragen, die allerdings modrig und muffig sein und mindestens 22 Mottenlöcher haben mussten. Auch sie hatten Vampirmasken vor dem Gesicht.

„Ich habe mich schiefgelacht, als mein Vater sich verkleidet und die Maske aufgesetzt hat", berichtete Axel. „Plötzlich ist er in meinem Zimmer aufgetaucht, und es ist ihm echt gelungen, mich zu erschrecken."

Lieselotte übernahm wieder das Fernglas und warf einen Blick durch die hohen bogenförmigen Fenster, hinter denen der gruselige Ball stattfand. Die Damen und Herren drehten sich wild über die Tanzfläche und sahen aus, als wären sie einem Dracula-Film entsprungen.

„Mir ist kalt, ich will nach Hause!", sagte Poppi.

„He, wir haben noch so viel zu futtern", meinte Axel. „Außerdem ist erst in einer halben Stunde Mitternacht und ein echtes Mitternachtspicknick dauert mindestens bis Schlag zwölf!"

Poppi war das egal. Sie hatte diesmal keine Angst, fror aber jämmerlich. Es war eine kalte Herbstnacht, in der sich bereits der Winter ankündigte, und obwohl sie drei Pullis übereinander trug, kroch ihr der Frost über den Rücken.

Axel – edel wie ein Ritter – zog eine seiner Jacken aus und reichte sie der Freundin. „Da, nimm, dann geht's dir gleich besser, und wir können noch ein bisschen bleiben."

Poppi war einverstanden.

Die Knickerbocker vertrieben sich die Zeit mit dem Erzählen von Schauergeschichten, die bei ihnen jedoch niemals Gänsehaut, sondern meistens Lachkrämpfe auslösten. Sie fanden die Laube vor dem „Vampirschloss" einfach großartig. Außerdem wussten sie, dass sie zu Hause nicht vermisst wurden. Lilo, Poppi und Dominik hatten ihren Eltern erzählt, dass sie bei Axel und seinem Vater übernachten würden. Da Herr Klingmeier zum Vampirball eingeladen worden war, würde allerdings niemand kontrollieren, wann sie zu Bett gingen.

Mitternacht! Die Uhr der Schlosskapelle schlug

zwölf, und jeder Schlag klang, als würde jemand auf einen leeren Blechtopf trommeln. Axel bemerkte, dass sich auf dem Vampirfest etwas tat. Er blickte durch das Fernglas und meldete: „Jetzt nehmen alle die Masken ab!“ Und kichernd fügte er hinzu: „Einige Herren sind ganz schön platt, dass die Damen hinter den Masken in Wirklichkeit auch nicht schöner sind!“

Die Knickerbocker prusteten vor Lachen, beschlossen aber, nun doch nach Hause zu gehen. Mittlerweile froren auch die anderen und niemand wollte unbedingt krank werden.

Am nächsten Morgen – es war ein Sonntag – standen die vier Freunde erst nach zehn Uhr auf. Um halb elf erschienen sie zum verspäteten Frühstück. Herr Klingmeier saß bereits am Tisch und war ziemlich grau im Gesicht.

„Ist es sehr spät geworden?“, erkundigte sich sein Sohn.

Axels Vater schüttelte den Kopf und vertiefte sich in eine Zeitung.

Die vier Juniordetektive warfen einander fragende Blicke zu. Was war geschehen? Hatte Herr Klingmeier vielleicht von ihrem unerlaubten Ausflug erfahren?

„Papa ... äh ... hast du was?“, fragte Axel. Er

konnte komische Stimmungen nicht leiden. Seine Eltern waren geschieden, und er verbrachte nur hin und wieder ein paar Tage bei seinem Vater, da dieser beruflich viel unterwegs war. Wenn sie einander sahen, dann wollte er wenigstens eine nette Zeit mit ihm verbringen. „Äh ... haben wir? Ist was?“, bohrte Axel.

Herr Klingmeier seufzte tief und schüttelte den Kopf. „Nein, es hat nichts mit euch zu tun. Es ist nur ... Also, ein guter Freund von mir, Willy Knauf, er war gestern auch auf dem Fest, und er wird nun beschuldigt, in der Nacht den Chef der Firma, in der er arbeitet, im Büro überfallen und niedergeschlagen zu haben. Der Mann ist schwer verletzt und liegt im Krankenhaus.“

„Aber was hat der Chef gestern in der Nacht noch im Büro gemacht?“, wollte Axel wissen.

Sein Vater lachte kurz auf: „Er hat Geld gezählt. Der Mann gehört zur altmodischen Sorte, die das Geld, das die Firma während der Woche eingenommen hat, in einem Tresor verwahrt. Die Einnahmen der vergangenen Tage waren sehr hoch, und so saß der alte Knacker bis tief in die Nacht und hat Schein für Schein gezählt.“

„Und warum weiß man, dass dieser Herr Knauf ihn überfallen hat? Wurde er von seinem Boss gesehen?“, wollte Lieselotte wissen.

Herr Klingmeier überlegte kurz und antwortete: „Nein, das nicht. Nein, überhaupt nicht. Der Firmenbesitzer hat angegeben, dass ihn jemand von hinten niedergeschlagen hat. Alles ging so schnell, dass er den Einbrecher gar nicht gesehen hat. Fest steht nur, dass der Unbekannte einen Schlüssel zum Firmengebäude besaß und sehr viel Geld gestohlen hat."

Poppi verstand noch immer nicht, wieso unbedingt Herr Knauf der Dieb sein musste.

„Ein Kollege von Willy aus der Firma war ebenfalls bei diesem ‚Tanz der Vampire' und will beobachtet haben, wie Willy das Fest um kurz nach elf verlassen hat. Um Viertel vor zwölf war er wieder zurück. Genau in dieser Zeit ist der Überfall geschehen, und es ist durchaus möglich, in dieser Zeit von Schloss Eulenmoor zur Firma und zurück zu fahren. Alles passt!", erklärte Axels Vater.

Herr Klingmeier war sehr bekümmert. Willy Knauf war ein wirklich guter Freund und er traute ihm den Überfall einfach nicht zu. „Leider hat Willy noch dazu ein Motiv: Er steckt in großen Geldnöten", ergänzte er. „Er hat im Casino gespielt und viel verloren. Die Schulden zurückzuzahlen ist nicht gerade einfach!"

Axel begann seine Nasenspitze zu zwirbeln.

„He, was machst du da? Das tu doch normalerweise nur ich, wenn ich scharf nachdenke!“, rief Lieselotte.

Ihr Kumpel nickte. „Ich denke jetzt auch scharf nach und werde den Verdacht nicht los, dass an dieser Geschichte etwas nicht stimmt. Lilo, ich glaube, dieser feine Kollege will Herrn Knauf den Überfall in die Schuhe schieben. Dabei hat er ihn selbst begangen.“

Herr Klingmeier horchte auf: „Aber wie ... wie kann man das beweisen?“

„Na ja ... dem Herrn Kollegen ist bei seiner Geschichte ein Fehler unterlaufen!“, meinte Axel.

Und tatsächlich bestätigte sich bereits am darauf folgenden Tag, dass Axels Vermutung zutraf.

KRIMI-FRAGE:
Welchen Fehler meint Axel?

KRIMI-LÖSUNG:

B	I	G	S	T		M	N	I	E	T
T	E	N	R	E	N	A	H	C	F	H
T		J	W	R	A	R	Z	E	V	N
	A	I	L	F	L	E	K		S	G
Ä	S	K	T	V	E		;	M	W	A
S	K	M	I	!	E	R	L	T	!	:
	N	;	I	D	E	M	P	A		N
D		G	K		O	N		N	H	T
E		R	D	B	A	H	G	E	J	R
	B	T	E	H	O	B	T	A	N	C
H	T		E		T		R	H	K	A
B	E	E	N	U	,		F	W		E
R		F	W	I	A	N		N	L	
G	I	D	N	K	G		D	U	O	N
D		V	W	L	I	E	E	D	P	E
R	K	Q	A	Ö	M	.	R		Ö	
	D	A	E	T	Z	K	M	D	S	D
S	E	D	R	F	D	T	U	H		A
E	E	S	C	V	B		N	;		H
D	E	R	Ü	A	C	M	L	Ö	O	U
F	G	B		N	J	H	M		K	L
E	R		T	Z	U	I		I	:	
T	E	Q	A	C		V	B	N	H	Z

Das versunkene Flugzeug

MAXI KRIMI

Teste dein Gedächtnis. Lies diesen Knickerbocker-Fall durch und versuche anschließend, die Fragen zu beantworten. Wie viele richtige Antworten schaffst du?

„Willst du wirklich jetzt mitten in der Nacht tauchen?“, fragte Poppi ungläubig, als ihr Kumpel Axel in den engen schwarzen Taucheranzug schlüpfte, die Pressluftflaschen schulterte und sich die Taucherbrille über das Gesicht zog.

„Nein, ich gehe in diesem Anzug in die Disko!“, ätzte der Junge und fügte schnaubend hinzu: „Natürlich gehe ich tauchen! Vielleicht finde ich das Gold!“

Dominik runzelte zweifelnd die Stirn. „Aber das Seeungeheuer ...?“, warf er ein.

„Das kann nur ein Märchen sein!“, meinte Axel.

Ganz so sicher war er aber nicht. Hoffentlich ist es nur ein Märchen!, dachte er, als er sich rücklings ins Wasser fallen ließ. Er schaltete den Unterwasserscheinwerfer ein und schlug langsam, aber kräftig mit den Flossen. Immer tiefer glitt er hinab zum Grund des Schwarzsees. Blubbernd stiegen die Luftblasen aus seinem Mund zur Wasseroberfläche, wo seine Freunde gespannt warteten.

Der Junge musste nicht lange suchen. Fünf Minuten, nachdem er in den See gesprungen war, hatte er das versunkene Flugzeug entdeckt. Es war in der Mitte auseinander gebrochen und seine Einzelteile lagen auf dem schlammigen Seeboden verteilt. Axel erkannte den Propeller, die Tragflächen, den Pilotensitz und das Höhenruder. Aber wo war die Kiste mit den Goldbarren? Nach ihr suchte er doch! Axel umrundete das Flugzeugwrack zweimal und stocherte mit den Flossen im Schlamm. Plötzlich entdeckte er etwas.

„Irre! Das gibt's doch nicht!“, schoss es ihm durch den Kopf. Er wollte danach greifen, als sich von hinten ein spitz zulaufender Schlingarm um seinen Bauch legte. Axel erschrak so sehr, dass ihm das Mundstück der Pressluftflasche entglitt und er nicht mehr atmen konnte. Der Junge strampelte und schlug mit den Armen um sich, aber der Schlingarm ließ nicht locker. In einem See konnte es doch keine Kraken geben. Die lebten nur im Meer!

Der Knickerbocker schaffte es mit Mühe, den Kopf zu drehen, und starrte in zwei grellgelb glühende Augen. „Luft ... ich brauche Luft ...!" Er fischte nach dem Mundstück, bekam es aber nicht zu packen. Der Kampf mit dem Seeungeheuer wurde immer wilder. Es gab das Untier also doch! Und jetzt biss es auch noch zu!

Am Ufer des Sees wurden Poppi, Dominik und Lieselotte langsam unruhig. Axel, das vierte Mitglied der Knickerbocker-Bande, wollte höchstens zehn Minuten unter Wasser bleiben. Mittlerweile waren bereits fünfzehn Minuten vergangen.

Die vier Junior-Detektive verbrachten eine Ferienwoche am Schwarzsee in einem Zeltlager. Während der langen Bahnfahrt hatte Dominik in einem Reiseführer geschmökert und einen Bericht über den See gefunden. Vor zehn Jahren war hier eine kleine, einmotorige Sportmaschine abgestürzt. Ein Gerücht behauptete, dass sich an Bord des Flugzeugs eine Kiste mit zehn Goldbarren befunden haben soll. Allerdings waren alle Suchaktionen ohne Erfolg geblieben. Die Goldbarren blieben verschwunden. Der Pilot, der den Absturz überlebt hatte, behauptete, von dem Gold nichts zu wissen.

Bei ihrer Ankunft erfuhr Lieselotte, das Superhirn der Bande, von anderen Lagerteilnehmerinnen etwas sehr Eigenartiges. Einige Mädchen hatten vor zwei Nächten ein „Seeungeheuer“ im Wasser beobachtet. Es besaß einen großen, flachen Schädel und tauchte immer wieder auf. Die Mädchen wollten allerdings nicht als Spinner verspottet werden und hatten die Geschichte deshalb für sich behalten. Lilo hielt das Ganze für einen Scherz der Jungen, aber sie hatte ein ungutes Gefühl.

Axel, der ein begeisterter Taucher war, hatte unbedingt nach dem Gold und dem „Ungeheuer“ suchen wollen und sich deshalb heimlich eine Taucherausrüstung besorgt. Aber was war nun mit ihm geschehen?

„Da ... da seht nur!“, stieß Dominik hervor und zeigte auf eine Stelle im Wasser, die ungefähr zehn Meter vom Ufer entfernt war. Dort schaukelten Axels Flossen auf den Wellen.

„Um Himmels willen!“, flüsterte Lieselotte. „Es muss ihm etwas zugestoßen sein!“ Das Mädchen hatte zum Glück seine Badeklamotten unter der Jeans und dem Pulli an. Es zog sich hastig aus, klemmte die Taschenlampe zwischen die Zähne und schwamm in den See hinaus. Ein eiskalter Schauer rieselte Lilo über den Rücken, als sie die Flossen in den Händen hielt. Im Gummi waren deutliche Bissspuren zu erkennen, als ob Axel von einem Hai angefallen worden wäre.

So schnell sie konnte, kraulte sie zum Ufer zurück und ließ sich keuchend ins Gras fallen. Das Superhirn spürte, wie ihm die Tränen in die Augen stiegen. „Ich Idiot, ich kann hier doch nicht einfach herumsitzen. Ich muss ihm helfen. Vielleicht ist es noch nicht zu spät! Aber was soll ich machen?“, überlegte das Mädchen verzweifelt.

Da ertönte in der Nähe des Ufers heftiges Blubbern und Plätschern. Aus dem Wasser tauchte eine runde dunkle Kuppe auf. Das Ungeheuer! In einiger Entfernung davon plätscherte und blubberte es aber noch einmal heftig. Auch dort schoss ein Kopf in die Höhe. „AXEL!“, riefen Poppi, Dominik und Lieselotte im Chor.

Der Junge kraulte zum Ufer und berichtete keuchend: „Da… das Ungeheuer ist ein ferngesteuertes Mini-U-Boot mit irre starken Greifarmen. Wir müssen rausfinden, wer es steuert. Das Ding hat mich angefallen und … und zum Glück nur meine Flossen zerfetzt.“

Das Mini-U-Boot pflügte mit großem Tempo durch das Wasser und die Junior-Detektive hatten Mühe, es vom Land aus zu verfolgen. Schließlich verschwand es durch eine Einfahrtsluke in einem Bootshaus. Die vier Knickerbocker schlichen auf

Zehenspitzen zur Bootshaustür und zogen sie vorsichtig auf. In der Holzhütte, die über dem Wasser errichtet war, stand ein Mann mit einer sehr komplizierten Fernsteuerung. Auf einem Monitor sah er die Bilder, die die Videokamera des U-Bootes aufnahm und sendete.

Ein Brett unter Lilos Schuh knarrte laut und verriet die ungebetenen Gäste. Der Mann drehte sich erschrocken um und starrte die vier halb überrascht, halb wütend an.

„Was ... was tun Sie da?“, zischte Lieselotte. „Sie hätten Axel schwer verletzen können mit Ihrem Unterwasserroboter!“

Der Mann schien nicht zu fassen, was er sah: „Kind ... du bist ein Kind!“

Axel hörte das nicht gern. „Ich bin ein Knickerbocker!“, knurrte er. Ihm war auch etwas klar: „Sie suchen mit dem Ding nach dem Gold, nicht wahr?“

Der Mann schwieg.

„Ich weiß, wo es sich befindet!“, verkündete der Junge.

Diese Nachricht ließ den Unbekannten fast aus den Schuhen kippen. „Sag es mir! Es gehört mir!“, keuchte er gierig.

„Woher sollen wir wissen, ob das stimmt?“, meinte Lieselotte.

„Mein Bruder und ich haben vor zehn Jahren von unserem Vater Gold im Wert von Millionen geerbt. Es waren Goldnuggets (= kleine Stücke) und keine Barren. Mein Bruder wollte nicht teilen und ist mit dem gesamten Gold abgehauen. Doch sein Flugzeug ist über dem Schwarzsee abgestürzt. Danach wollte er von dem Gold nichts mehr wissen. Er behauptete, es brächte ihm nur Unglück. Er hatte das Gold an Bord, das weiß ich. Aber die Taucher haben es nie gefunden. Ich selbst kann nicht tauchen, deshalb habe ich mir diesen Tauchroboter besorgt. Bitte, sag mir, wo es ist. Du bekommst auch einen Finderlohn!"

Trotz der großen Schrecken unter Wasser konnte Axel wieder grinsen. „Ihr Bruder hat einen alten, aber guten Trick angewendet", sagte er geheimnisvoll. „Das Gold ist nicht zu Barren gegossen worden. Aber es ist eben doch etwas Gold, auch wenn es nicht glänzt."

Der Mann verstand zuerst nicht, aber als er die Erklärung hörte, schlug er sich mehrere Male mit der Hand auf die Stirn. Wieso war er nicht auf diese Idee gekommen?

Die Knickerbocker-Bande hat den Finderlohn tatsächlich bekommen, denn Axels Vermutung war richtig. Ein neuer Erfolg der vier Junior-Detektive ...

KRIMI-FRAGE:

Was meinte Axel mit dem alten Trick?
(Ein Hinweis für Knickerbocker-Profis:
Die Lösung ist auch im Buch
„Wo ist der Millionenstorch?“ zu finden ...)

KRIMI-LÖSUNG:

D	T	E	R	B		G	B	H	R	U
D	F	E	R	V		!	H	/	A	T
	B	D	A	X	S	“		G	G	O
L	D	D		$	E	G	I	)	N	G
E	%	S	C	F	H	;	M	=	O	L
Z	/	E	N	G		Q	U	M	N	D
	T	T	E	D	I	)	L	=	E	
D	W	E	S	V		&	F	N	L	U
G	(	Z	E	F	U	;	G	!	E	S
	“	D	A	V	R	/	A	$	U	S
	%	F	O	=	R	N	M	/	E	N
	K	L	A	X	S	F	S	%	E	N
.	$		E	W	S	F		T	W	U
R	E	D	E	%		J	L	M	A	C
K	)	I	E	$	R	F	T	H		U
N	H	D		!	S	E	O	K		G
E	%	T	A	E	R	W	N	J	T	.
D	R	5	G	&		/	I	=	P	Ü
A	E	“		R	G	B	M	;	O	
W	E	F	T	&	Z	(	I	=	?	L

GEDÄCHTNIS-TEST

1. Wie lange brauchte Axel um das versunkene Flugzeug zu entdecken?
2. Wie heißt der See, an dem sich die Knickerbocker-Bande befindet?
3. Wie viele Motoren hatte das abgestürzte Flugzeug?
4. Tauchen beide Flossen auf oder nur eine?
5. Was verrät Lieselotte, als sie das Bootshaus betritt?

LÖSUNG:

1	A	.		9	5	0		O	M	I
N	F	U	T	L	E	ß	N	E	.	
2	G	.		Ö	S	)	C	D	H	W
A	B	R	Z	M	S	=	E	C	E	.
	V	3	.	,		R	E	V	I	N
E	X	N	.	?		E	4	M	.	
B	Y	E	I	Q	D	T	E	-	.	
5	S	.		Ü	E	T	I	+	N	
K	L	N	A	P	R	Y	R	1	E	N
D	Ö	E	S	T		A	B	7	R	E
T	M	T	.	Z		K		4		

AUSWERTUNG:

Alle fünf Antworten richtig?

Mindestens drei Antworten richtig?

Der Ameisen-Stampfer

Poppi ballte die Hände zu Fäusten. Sie bebte am ganzen Körper. So eine Gemeinheit! So eine widerliche Gemeinheit. Wer hatte das angerichtet? Welcher miese Schuft hatte den Ameisenhügel zerstört. Die kleinen Tiere hatten Wochen gebraucht um dieses „Hochhaus“ zu bauen, und irgend so ein Mistkerl zertrampelte es einfach. Das war Tierquälerei! Und Poppi wurde ganz kribbelig und wütend, wenn auch nur das kleinste Tier gequält wurde.

Auf dem Waldboden neben dem Ameisenhügel entdeckte das Mädchen eine frische Spur von Autoreifen. „Macht es gut und baut alles wieder auf! Ihr schafft das schon!“, sagte es zu den Ameisen, die wild und aufgeschreckt über die Ruinen krabbelten. Dann machte sich Poppi daran, die Spur zu verfolgen. Viel Hoffnung gab es nicht, dass sie zu dem Ameisenquäler führen würde, aber man wusste nie …

Ungefähr einen Kilometer weiter, am Ufer des kleinen Waldsees, stand das Auto, das die Spur hinterlassen hatte. Es handelte sich um einen klapprigen Lieferwagen mit einer offenen Ladefläche. Vor ihm standen zwei Männer, die nicht gerade freundlich aussahen. Sie rauchten und tranken Bier. Poppi kam vorsichtig näher, und was sie sah, machte sie noch wütender. Am Stiefel des einen Mannes klebten Reste des Ameisenhügels. Als der Typ seine Zigarette achtlos auf den Boden warf, reichte es dem Mädchen.

„He, Sie! Wollen Sie einen Waldbrand verursachen?", schrie Poppi.

Der Bursche erschrak und warf ihr einen giftigen Blick zu. Er bedeutete, was bildet sich die Kleine ein? Trotzdem trat der Kerl mit dem Stiefel auf die Zigarettenkippe und löschte sie aus.

„Wieso haben Sie den Ameisenhügel kaputtgemacht? Warum? Wozu?", fuhr ihn Poppi an.

Der Bursche spuckte aus und fuhr sich durch die langen, fettigen Haare. „War nicht absichtlich!", zwitscherte er mit Engelsstimme. „Ist so passiert, weil dieser Doofkopf zu fest gebremst hat. Weißt du, ich stand auf der Ladefläche. Plötzlich bremst mein Kumpel, weil eine Wildsau über den Weg läuft. Dadurch bin ich nach hinten vom Wagen geschleudert worden und in den Ameisenhügel gefallen. Die Biester haben mich ganz schön gebissen! Aber wer bist du eigentlich? Die Waldpolizei, oder was?"

„Ihre faulen Ausreden können Sie sich in Ihre ekeligen Haare schmieren!", tobte Poppi. „Falls Sie mich für blöd halten, haben Sie sich getäuscht. Ich bin viel mehr auf Zack, als Sie denken. Sie sind absichtlich im Ameisenhügel herumgetrampelt. Sonst würden Sie jetzt nicht so eine dämliche Lüge erzählen!"

Die beiden Burschen machten Gesichter, als hätte ihnen jemand auf die Finger geklopft. „War doch nur Spaß!", meinte der eine.

„Spaß? Hören Sie, die Ameisen haben Wochen gebraucht um dieses Kunstwerk aufzubauen!" – Über eine Stunde dauerte Poppis Vortrag über die Ameisen und die beiden Männer ließen ihn geduldig über sich ergehen. Sie würden es sich überlegen, noch einmal einem Ameisenhügel zu nahe zu kommen. Erstens hatten sie großen Respekt vor den kleinen Tierchen bekommen und zweitens fürchteten sie eine neue Moralpredigt von Poppi.

KRIMI-FRAGE:

Was hat an der Geschichte des Mannes nicht gestimmt?

KRIMI-LÖSUNG:

B	H	E	I	G		H	E	R	I	N
E	F	R		D	N	J	O	T	T	B
R	%	E	M	K	S	=	U	G	N	G
	D	F	Ä	?	L	=	L	M	T	
M	K	A	N	F		R	N	D	A	C
H	(		V	O	O	&	R	B	N	.
E	F	W		“	$	F	T	/	(	I
F		G	R	&		U	I	K	Ö	Ü
G	H	I	K	Ö	Ü	?		=	H	N
D	V	G	W	Z		/	U	H	N	J
E	D	T	&	W		D	V	G	A	L
P		Ö	Ü	N	J	H	T	%		E
	F		F	E	R	S		“	D	V
G	N	F	U		J	K	M	L	Ä	*
E	F	A	B	J	“	/	J		I	O
K	M	L		O	I	K	M		F	E
C	S	F	Q		Z	H	I	K	N	J
L	D	R	B	A		D	T	/	U	J
N	M	F	U		E	F	W	T	&	V
H	F		B	F	E	$	T	(	K	L

Flucht in den Nebel

Es war an einem trüben, nicht sehr kalten Tag im Winter. Axel und Lieselotte waren Ski fahren gegangen und zogen in eleganten Schwüngen über die Piste.

Spaß machte es den beiden aber nicht gerade. Das Wetter war zu grau und unfreundlich, und außerdem zog mehr und mehr Nebel auf.

„Komm, wir kehren in die Wilderer-Hütte ein und gönnen uns was zu trinken“, sagte Lieselotte zu ihrem Kumpel. Axel war sofort einverstanden.

Als die beiden vor der Hütte ihre Ski abschnallten, hörten sie plötzlich Schreie im Inneren des Gebäudes. Eine Tür wurde aufgerissen und jemand stürmte ins Freie.

„Haltet ihn … er hat meine Kette gestohlen. Haltet ihn!“, rief eine Frau verzweifelt.

Axel sprintete sofort los, was mit den klobigen Skischuhen ein Kunststück war. Er lief zur Rückseite der Hütte und entdeckte eine offene Tür.

„Dort … dort rennt der Dieb!“, kreischte eine ziemlich aufgedonnerte Frau mit rostrotem Haar und einem silbrig glänzenden Skianzug.

Axel starrte in den Nebel, konnte aber beim besten Willen nichts erkennen. Dennoch versuchte er den Dieb zu verfolgen. Er rannte los, blieb zwischendurch jedoch immer wieder stehen um etwas zu erlauschen. Ja, er konnte Schritte hören! Allerdings waren sie schon weit entfernt.

Die Schneedecke war leicht gefroren und brach bei jedem Schritt des flüchtenden Gauners ein.

„Halt … stehen bleiben!“, rief Axel.

Als Antwort erhielt er nur schallendes Lachen, dem gleich darauf ein Echo folgte. Dann wurden die Geräusche leiser und leiser. Der Ganove verschwand, und Axel beschloss umzukehren. Die Gefahr, sich zu verirren, war zu groß.

In der Hütte wurde er bereits von Lieselotte und der rothaarigen Dame erwartet. Es handelte sich um eine sehr angeberische Frau, die sogar beim Skifahren teuren Schmuck trug. Während sie in der Gaststube der Hütte allein ihre Suppe geschlürft hatte, war der Unbekannte hereingestürzt und hatte ihr die Kette vom Hals gerissen.

„Wenn wir wissen, welche Richtung der Dieb eingeschlagen hat, kann ich über Funk die Polizei verständigen“, meinte der Hüttenwirt.

Aber wie hätten sie die Richtung feststellen sollen? Der Dieb hatte im Nebel untertauchen können.

Der Wirt breitete eine Bergkarte aus und ließ seinen rechten Zeigefinger suchend darüber kreisen.

Axel hatte plötzlich einen Verdacht. Er ahnte, wohin der Dieb gelaufen war. Er teilte dem Wirt seine Vermutung mit und dieser erstattete Meldung bei der Bergwacht und der Polizei.

Noch am selben Tag konnte der Mann geschnappt werden. Leider hatte er die Kette nicht mehr bei sich. Ob er je verraten wird, wo er sie versteckt hat?

KRIMI-FRAGE:

Schau dir die Karte an!
Wohin ist der Dieb gelaufen?

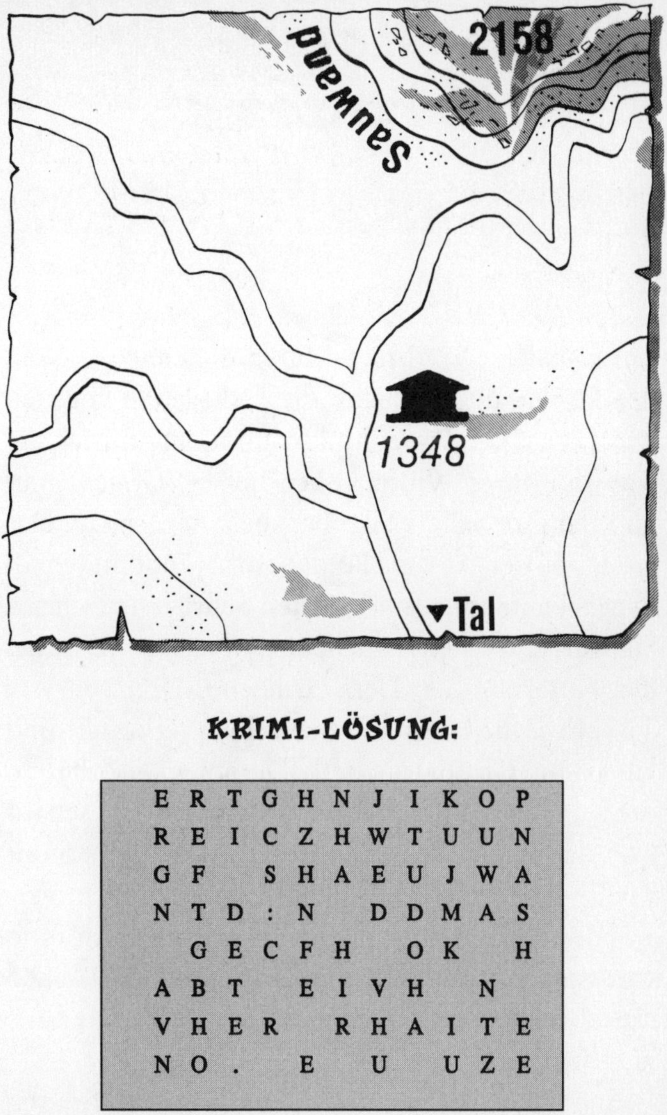

KRIMI-LÖSUNG:

E	R	T	G	H	N	J	I	K	O	P
R	E	I	C	Z	H	W	T	U	U	N
G	F		S	H	A	E	U	J	W	A
N	T	D	:	N		D	D	M	A	S
	G	E	C	F	H		O	K		H
A	B	T		E	I	V	H		N	
V	H	E	R		R	H	A	I	T	E
N	O	.		E		U		U	Z	E

Die Glocke des Grauens

Ein eiskalter Wind fegte durch die engen Gassen des Dorfes und wirbelte die Eiskristalle vor sich her. Lilo, Axel, Poppi und Dominik zogen sich die Kapuzen ihrer Winterjacken tief ins Gesicht und zupften ihre Schals bis über die Nasenspitze. Danach bohrten sie die Hände samt Handschuhen in die Jackentaschen und setzten Schritt vor Schritt. Sie waren in einem Alpenzoo gewesen um dort bei der Fütterung der Tiere zu helfen. Drei von vier Tierpflegern waren nämlich schwer erkrankt und lagen mit Grippe im Bett. Dummerweise hatten die Knickerbocker aber nicht auf die Uhr geschaut und dadurch den letzten Bus zurück in die Stadt versäumt. Ihre Eltern konnten sie auch nicht verständigen, damit sie abgeholt wurden. Im Zoo war nämlich die Telefonleitung gestört. So blieb ihnen nichts anderes übrig, als zu Fuß bis ins nächste Dorf zu stapfen.

Endlich, nach fast einer Stunde Marsch durch

die Dunkelheit, hatten sie es erreicht. Sie steuerten auf ein Gasthaus zu, hinter dessen Fenstern sie Licht sahen. Als sie die Tür öffneten und in die Gaststube traten, spürten sie sofort die Spannung, die hier herrschte. An den Tischen saßen Männer und Frauen und blickten starr in die Nacht hinaus. Hinter der Theke stand der Wirt und polierte im Zeitlupentempo ein Glas.

„Guten Abend!", sagte Lilo laut.

Die Köpfe der Menschen drehten sich zu ihr, als hätte sie gerade „Vorsicht, Bombe!" gerufen.

„Entschuldigung ... wir wollten nicht stören!", stotterte Axel verlegen. „Ist hier etwas los?"

Der Wirt lächelte und setzte das Glas ab. „Es ist wegen der Geisterglocke", sagte er mit geheimnisvoller Stimme.

„Der was?", wollte Dominik wissen.

Der Wirt sprach leise, als hätte er Angst, dass ihn jemand hören könnte. „Es ist wegen der Geisterglocke. Sie hängt im Kirchturm und beginnt von ganz allein zu läuten. Aber nur am 13. Dezember!"

Axel warf einen schnellen Blick auf seine Armbanduhr. Heute war der 13. Dezember.

„Und wenn sie läutet, so sagt sie uns ein großes Unglück für den Winter voraus. Entweder wird eine Lawine unser Dorf bedrohen, oder einige von uns werden in den Bergen ihr Leben lassen! So war es immer, wenn sie am 13. zu hören war!"

Lieselotte hatte gespannt zugehört, hielt aber von solchen Sagen wenig. „Wann hat die Geisterglocke zum letzten Mal geläutet?", wollte sie wissen.

Der Wirt überlegte kurz. „Vor 11 Jahren. Damals ist das Unglück mit der Lawine passiert. Vier Häuser sind dabei verschüttet worden. Durch einen Zufall war kein Mensch darin. Sonst hätte es auch Tote gegeben."

Poppi erschauderte. „Ich will hier weg!", raunte sie Lilo zu. Die anderen hatten denselben Gedanken.

„Können wir bitte das Telefon benutzen?", bat das Superhirn. Der Wirt reichte ihr den Apparat, und das Mädchen verständigte seine Eltern. In ungefähr 45 Minuten wollte Lilos Vater kommen und die Bande abholen. Bis dahin gönnten sich die vier heiße Zitronenlimonade.

„Und die Glocke läutet wirklich ganz von allein, ohne dass jemand an ihrem Seil zieht?", fragte Dominik.

Der Wirt nickte. „Es ist eine Geisterglocke, eine Glocke des Grauens."

Lieselotte wollte sich schon über den Aberglauben lustig machen, als tiefe, dunkle Glockenschläge durch die Nacht schallten. Die Leute krümmten sich, als hätte jemand mit einer Keule auf sie eingeschlagen. Sie verbargen die Gesichter in den Händen und stöhnten verzweifelt. Es stand also fest: Auch in diesem Winter würde das Dorf von einer Katastrophe heimgesucht werden!

Da Knickerbocker niemals lockerlassen, erstarrte Lieselotte nicht vor Angst. Sie sprang auf und stürzte aus dem Gasthaus. Die Kirche mit dem Turm der Geisterglocke befand sich am anderen Ende des kleinen Platzes. Das Mädchen hastete mit großen Schritten durch den Schnee und ließ dabei die Kirche nicht aus den Augen. Im Licht der Straßenlampe erkannte es eine schmale Tür am Fuß des Turmes. Sie schien einen Spaltbreit offen zu stehen. Lilo lief noch schneller und der Schnee knirschte laut unter ihren Stiefeln. Hatte sie es sich doch gedacht! Die Glocke läutete nicht von allein. Es steckte jemand dahinter, der die Bewohner des Dorfes in Angst und Schrecken versetzen wollte.

Beim Turm angekommen, rang das Mädchen erst einmal nach Luft, bevor es die Tür mit der Schuhspitze aufstieß. Mit einem lang gezogenen Knarren schwenkte sie nach innen. „Hallo … wer ist da?“, rief das Superhirn. Selbstverständlich erhielt es keine Antwort. Lilo fasste Mut und wagte sich ein Stückchen in den Turm. Muffige Luft schlug ihr entgegen. Außerdem war es in dem Haus so finster, dass sie die Hand vor den Augen nicht sehen konnte.

Völlig unerwartet raste jemand von oben an dem Glockenseil nach unten und stieß Lilo mit den Schuhen zu Boden. So schnell der Unbekannte konnte, suchte er das Weite. Als sich das Mädchen endlich aufrappeln konnte, hatte er bereits einen großen Vorsprung. Lieselotte versuchte ihn zu verfolgen, gab aber schnell auf. Sie hatte keine Chance. Allerdings hatte sie etwas gesehen. Der „Glöckner" trug eine Kappe, an deren Hinterseite eine Art Fuchsschwanz baumelte. Es war eine Kappe, wie sie die Trapper in Kanada und Nordamerika oft hatten. Auf jeden Fall stand fest, dass die Geisterglocke nicht von Geistern, sondern von einem höchst lebendigen Menschen geläutet worden war. Mit dieser beruhigenden Mitteilung kehrte das Superhirn in das Gasthaus zurück.

Nach ihrer Beschreibung wusste der Wirt auch sofort, um wen es sich bei dem Unbekannten handeln konnte. „Das ist der alte Leopold. Er lebt auf dem Berg in einer Hütte und hasst alle im Dorf. Er behauptet, sie hätten ihm seinen Hof weggenommen, was gar nicht stimmt. Ich weiß, dass er so eine Kappe trägt!"

Für diesen Tag war es zu spät. Aber gleich morgen wollten die Junior-Detektive diesen Leopold unter die Lupe nehmen. Es ging einfach nicht, dass ein Mensch aus Hass andere in Angst und Schrecken versetzte.

Am nächsten Tag statteten die vier Knickerbocker dem menschenfeindlichen Einzelgänger einen Besuch ab. Sie trafen ihn vor seiner Hütte an. Er trug die Pelzkappe mit dem Fuchsschwanz, und auch von seinem Körperbau her war er genau derjenige, den Lilo gesehen hatte.

Der alte Leopold hackte Holz und schien dabei seine Wut auf die Menschen abzubauen. Über den Besuch der Knickerbocker war er keineswegs erfreut. „Verschwindet! Aber schnell!“, brummte er unwirsch.

„Zuerst wollen wir wissen, wo Sie gestern Abend waren?“, fragte Lilo stur.

„Geht euch einen Dreck an!“, lautete die Antwort.

„Sie haben die Geisterglocke geläutet. Geben Sie es zu. Ich habe Sie gesehen! Sie haben diese Kappe getragen“, bohrte das Superhirn weiter.

„Du redest, als hättest du zu viel Rum getrunken“, knurrte der alte Mann und hackte mit noch mehr Kraft auf die Holzscheite ein. Dann hielt er inne und kratzte sich über das Kinn mit dem Stoppelbart. „Ich war es nicht, aber vielleicht war es die Vroni. Die tut alles um mich bei den anderen anzuschwärzen. Sie lebt auf dem Hof, der früher mir gehört hat. Sie hat ihn durch Betrug an sich gerissen, die alte Hexe, die eigentlich meine Schwester ist. Ich wette, sie war das! Und jetzt verschwindet, sonst rutscht mir am Ende noch die Axt aus!"

Eilig brachen die Junior-Detektive in Richtung Tal auf. Unterwegs erkundigten sie sich aber doch nach der alten Vroni und dem ehemaligen Hof von Leopold. Sie ließen sich den Weg erklären und machten einen kleinen Abstecher zu dem Gehöft. Völlig durchgefroren trafen sie dort ein. Aber auch nach mehrmaligem Klopfen wurde ihnen nicht geöffnet.

Lilo lief von einem Fenster zum anderen und schaute durch alle in das Haus. „Ich habe sie gefunden!", meldete sie schließlich.

Die alte Vroni lag im Bett. „Wer ist da?", fragte sie mit heiserer Stimme, als das Mädchen gegen die Scheibe klopfte.

„Wir wollen Sie etwas fragen!", sagte Lilo.

„Ich habe aber die Grippe!", antwortete Vroni.

„Können wir trotzdem kurz hineinkommen?", wollte Lieselotte wissen.

Vroni war es recht.

„Vielleicht können wir Ihnen etwas helfen!“, bot das Superhirn an. „Sie sind hier ganz allein, nicht wahr?“

Die alte Frau nickte. „Jaja, und seit zwei Tagen haben mich die Grippe und der Hexenschuss völlig ans Bett gefesselt.“

Während sich Axel, Poppi und Dominik am offenen Kamin, in dem das Feuer prasselte und das Holz knackste, die Hände wärmten, erzählte Lieselotte der Frau von den Ereignissen rund um die Geisterglocke.

„Jaja, gehört habe ich sie auch!“, sagte Vroni. „Und ich habe mir große Sorgen gemacht.“

Lieselotte fragte besorgt: „Wer kümmert sich eigentlich um Sie, wenn Sie krank sind?“

Die alte Vroni schnaubte wütend. „Mein Bruder sollte es tun, aber der spinnt ja. Gestern am Nachmittag war eine Nachbarin da und hat mir etwas zu essen gebracht. Ich hoffe, dass sie heute wieder kommt. Ich selbst kann mich nämlich kaum bewegen und keine drei Schritte gehen, so schwindlig bin ich!“

Die Knickerbocker taten alles, um die alte Frau ein wenig zu versorgen und verabschiedeten sich dann.

Auf der Heimfahrt im Bus grübelte Lieselotte lange über die Sache nach.

„Du kannst mit dem Denken aufhören!“, sagte Axel plötzlich. „Ich weiß jetzt, wer die Geisterglocke zum Läuten gebracht hat!“

KRIMI-FRAGE:

Wer war es?

KRIMI-LÖSUNG:

V	T	R	O	(	N	K	I	E	.	
S	R	I	E	Q		S	H	&	A	T
	F	G	E	$	L	;	O	V	G	E
N	M	.		W	S	R	I	&	E	
I	(	S	T	F		V	N	G	I	C
H	Z	T		E	B	T	E	(	T	T
L	P	Ä	G	T	R	&	I	K	G	.
	W	I	M	F		R	K	(	A	M
I	(	N		F	L	O	I	R	E	G
T	Z		F	E	R	%	I	/	S	C
H	Z	E	S	X		A	H	/	O	L
Z	S	.		G		A		(		
D	W	H	H		)	O	=	Ü	*	Ö
D	W	G	Y	A	$		N	J	:	
D	Q	B	H		K	(	H	;	Ö	R
L	T	/		F	V	A		T	“	!
	F	B	S	E	I	K	Ä	*	A	Q
E	D	S	N		W	A	M	I		(
D	)	H	=	Ä	’	“	W	S	A	G

Tennisterror

Boris hatte ein großes Vorbild, und das war Boris Becker. Boris hoffte, auch einmal ein großer Tennisstar zu werden, und trainierte dafür Tag und Nacht. Obwohl er nicht älter als Axel war, hatte er bereits zahlreiche Jugendturniere und mehrere Meisterschaften gewonnen. Ihm wurde eine große Tenniszukunft vorhergesagt. Axel und Boris waren gut befreundet und spielten manchmal Tennis miteinander. An diesem Sonntagnachmittag hatten sie sich auf dem Tennisplatz verabredet um ein kleines Match zu wagen.

Als Axel eintraf, fand er allerdings einen völlig verstörten Boris vor. „Ich … ich … habe Angst“, stotterte der Junge. „Papa nennt mich einen Feigling, der die Mäuse husten hört, aber das bin ich nicht. Das sind alles keine Zufälle. Das sind Anschläge auf mich!“

Axel verstand nur Bahnhof. „Langsam und der Reihe nach. Was ist los?“, fragte er.

Boris erzählte ihm Folgendes: „Gestern am Nachmittag hatte ich keinen Trainer. Deshalb habe ich gegen die Ballwurfmaschine gespielt. Das ist eine Maschine, die mir Bälle automatisch zuwirft. Alle zehn Sekunden einen. Aber plötzlich hat das Gerät durchgedreht und die Tennisbälle auf mich gefeuert, als wäre es ein Maschinengewehr. Ich habe mich ganz flach auf den Boden geworfen, damit ich nicht getroffen werde. Als der Spuk vorbei war, habe ich meinen Vater geholt, aber er hat an der Ballwurfmaschine nichts Auffälliges entdecken können."

Axel kombinierte sofort: „Falls jemand an der Maschine herummanipuliert hat, hatte er genug Zeit, alles wieder zurückzustellen, während du zu deinem Vater gegangen bist."

Aber das war noch nicht alles.

„Heute Mittag habe ich fürchterlich geschwitzt und wollte nach dem Training duschen. Ich habe mich unter die Brause gestellt und das kalte Wasser aufgedreht. Es kam auch. Aber schlagartig wurde es siedend heiß und ich habe mich verbrannt. Es hat höllisch wehgetan. Ich bin so schnell aus der Dusche gestürzt, dass ich ausgerutscht und auf den Boden geknallt bin. Mein Oberschenkel ist total blau!"

Auch für diesen Vorfall gab es eine Erklärung:

„Jemand hat die Kaltwasserzufuhr abgedreht und das heiße Wasser auf höchste Temperatur gestellt!“, überlegte Axel laut. Er ließ sich von Boris zu der Dusche führen und untersuchte die Rohre. Zwei Handgriffe genügten um aus allen Duschen brennend heißes Wasser fließen zu lassen.

Auf dem verdreckten, feuchten Boden des Waschraums glänzte etwas. Axel bückte sich und hob eine Sonnenbrille auf. Sie bestand aus einem dünnen Metallgestell und zwei runden, dunklen, klar polierten Gläsern. Der Junior-Detektiv hatte den Verdacht, dass sie derjenige verloren hatte, dem Boris die üblen Streiche verdankte. Die Brille lag einfach zu nahe bei den Rohren.

Axel zeigte sie seinem Freund. „Hast du eine Ahnung, wem die gehört?“

Boris wusste es nicht. Deshalb marschierte der Knickerbocker damit über den Tennisplatz und hielt sie jedem unter die Nase. Erst beim 22. Versuch hatte er Glück. Ein Junge namens Ottwin gab zu, dass es sich um seine Sonnenbrille handelte.

„Wo hast du sie gefunden?“, wollte er wissen.

„Im Duschraum!“, antwortete Axel wahrheitsgemäß.

„Ich habe sie vor zwei Wochen verloren und schon überall gesucht!“, erzählte Ottwin.

Boris kniff wütend die Augen zusammen, als ihm Axel berichtete, wer der Besitzer der Brille war. „Diese Schlägersau!“, fauchte er. „Er ist neidisch und eifersüchtig, weil ich hier die Nummer eins bin. Er wollte mich ausschalten. Deshalb hat er die Ballmaschine falsch eingestellt und deshalb wollte er mich verbrühen.“

Axel musste Boris leider Recht geben. Auch er war von Ottwins Schuld überzeugt. Der Junge hatte nämlich zweifellos gelogen.

KRIMI-FRAGE:

Was stimmte nicht?

KRIMI-LÖSUNG:

E	R	G		Z	H	A	%	T	D	
D	I	O	E	D		B	E	R	/	I
L	L	$	E	E		N	K	I	H	C
H	T	%		E	V	O	=	R	A	
Z	W	D	E	&	I		E	W	Q	O
C	H	Z	E	&	N		S	V	I	E
R	L	O	O	(	R	E	W	N	A	.
		A	D	E	A		Q	W	%	Ä
R	E	&		E	S	I	U	E	F	
S	C	F	H	N	M	U	)	T	I	Z
I	G	T	E	&	R		Z	G	B	E
W	E	%	S	Q	E	N	Y	.	A	

Trainingsfall von Dominik

Wahr oder erfunden?

Zwei von Dominiks Geschichten sind wahr, eine nicht.

1 „Ein Inder namens Shridhar hatte seine Fingernägel über 40 Jahre lang nicht geschnitten. Allein der Nagel seines linken Daumens erreichte eine Länge von über einem Meter, war also fast doppelt so lang wie sein ganzer Arm.

Leider hat mir noch keiner erklären können, wie der Mann gegessen oder sich angezogen hat."

2 „Im Jahr 1975 versuchten in Mexiko 75 Häftlinge aus einem Gefängnis auszubrechen. Sie buddelten einen Gang: Sechs Monate lang arbeiteten sie heimlich daran, bis sie dachten, der Gang wäre endlich lang genug um es zu wagen. Als sie aber nach oben stießen, standen sie mitten in einem Gerichtssaal und wurden ins Gefängnis zurückgebracht."

3 „Haie sind nicht halb so gefährlich, wie oft behauptet wird. Trotzdem wurden in den Bäuchen erlegter Tiere schon die seltsamsten Dinge gefunden. Besonders erstaunt müssen wohl die Fischer gewesen sein, die im Jahre 1802 einen Hai für den Verkauf auf dem Markt fertig machten und dabei in seinem Magen ein halbes Rad einer Dampflokomotive entdeckten. Wie es hineingekommen ist, weiß bis heute keiner."

KRIMI-FRAGE:

Welche Geschichte ist nicht wahr?

KRIMI-LÖSUNG:

S	E	R	T	T		U	I	I	M	
G	R	E	S	E	C		H	F	I	C
H	F	T	E			G	N	T	R	.
	B	3	.	V		T	1	H	8	0
2	S		G	G	A	H	B			E
S	M		N	B	O	N	C	M	H	
K	K	E	I	Y	N	D	E	K		D
A	Ö	M	P	:	F	W	L	I	O	K
O	P	M	O	L	T	!	I	O	V	E
N	E	.		M		D		S		
	A	S	W	Q	E	K	L	Ö		Ä
P	O	F	G	T	Z	7		M	N	K
E		R	R	T	G	H	B	V	D	
D	E	F	S	Q	A	Ö	Ä		!	
	?	D	F	V	B	N	M	K	L	D
D	E	R		!	D	G	H	Z	D	
M	K	N	B	A		E	N	B	D	R
E	D	K	O	P	L		J	N	G	D
	T	I	Z	I	I		O	P	Ü	
D	!	G	H	J	K		R	E	E	

Alarmanlagen

Aus einfachen Dingen kannst du gute Alarmanlagen basteln. Sie melden nicht nur Einbrecher, sondern auch kleine oder größere Geschwister, die in dein Zimmer schleichen wollen.

- Nimm zwei oder drei Metallkleiderbügel (die nur aus Draht gebogen sind), binde sie zusammen und hänge sie locker an die Innenseite deiner Zimmertür. Wird sie geöffnet, klimpern die Bügel.

- Leicht zerknitterte Papierblätter auf dem Boden oder das Cellophan von Verpackungen verraten sofort, wenn jemand sich an dich heranschleichen möchte. Sie knistern und rascheln.

- Einfache Rasierspiegel können dir sehr nützlich sein. Stell sie auf deinem Schreibtisch oder deinem Nachtkästchen so auf, dass du mit einem Blick Tür und Fenster im Auge hast.

Heiße Klamotten

Poppi saß vor dem Fernseher und streichelte ihre drei Katzen. Dabei sah sie sich die Nachrichten an, die von einem Großbrand in einer Lagerhalle berichteten.

„Bei dem Brand wurden teure Jacken, Hosen und Hemden einer Luxusfirma vernichtet. Der Schaden beträgt mehrere Millionen, ist aber durch Versicherungen abgedeckt“, berichtete der Reporter. Dazu wurden Bilder des völlig niedergebrannten Hauses gezeigt. Wie Skelette standen die zerbrochenen Regale zwischen den schwarzen Mauern. Da die Feuerwehr viel zu spät verständigt worden war, hatten die Flammen alles vernichtet. Der Besitzer der Hallen stocherte mit einem Stab in den verkohlten Stoffresten, die schon bei der leichtesten Berührung zu schwarzem Staub zerfielen. Außer diesem schwarzen Stoffstaub war nichts geblieben.

Weiter sagte der Reporter: „Die Polizei hält die

Möglichkeit einer Brandstiftung nicht für ausgeschlossen. Die Untersuchungen laufen noch und werden erst morgen abgeschlossen sein." Poppi hörte mit dem Streicheln auf, worauf die Katzen sofort lautstark zu miauen begannen. Das Mädchen wischte sich über das Gesicht und sagte zu sich selbst: „Das ... das gibt's doch nicht. Das ist doch eigentlich klar. Ich meine ... ich müsste die Sache noch aus der Nähe sehen, aber ... ich bin sicher, dass hier jemand Geld von der Versicherung kassieren möchte. Für einen Schaden, der gar nicht so groß ist."

KRIMI-FRAGE:

Wie kommt Poppi auf diese Idee?

KRIMI-LÖSUNG:

W	U	Ä	R	(	E	S	N	C		T
A	F	T	S	/	Ä	V	C	G	H	L
I	=	C	H	N		S	J	G	A	C
K	E	E	N	C		Z	U	G	N	D
	F	H	O	=	S	$	E	H	N	
I	O	N		F	D	R	E	A	R	
H	Ö	A	L	?	L	W	E	D		G
E	!	W	E	I	S	V	E	G	N	,
	J	M	Ü	%	S	D	S	R	T	E
N	H		A	$	U	D	C	B	H	
K	N	N	Ö	J	P	&	F	!	E	
U	I	N	D	R		S	R	W	E	I
S	I	S	V	!	E	/	R	Y	S	C
H	Ä	L	Ü	?	S	E	S	V	E	
I	H	N		W	D	R	E	/	R	
A	Q	S	C	%	H	(	E	&		S
E	/	I	N	V	.	H		U		
F	W	$	T	Z	H		B	H	N	L
Ä	?	K	I	Z	M	;	S	X		
S	E	F	V	B		A	W		E	D

Die Dosen-Alarmanlage

Aus alten Blechdosen kannst du großartige Alarmanlagen bauen.

- Binde eine Dose an einen Faden und hänge sie an die Klinke deiner Zimmertür. Wird die Tür geöffnet, klappert die Dose.

- Noch besser ist es, zwei längere Stäbe am oberen Ende zusammenzubinden. Dort hängst du eine Dose dazu. Das Ganze lehnst du schräg gegen eine geschlossene Tür. Wird die Tür geöffnet, fallen die Stangen mit der Dose um und machen viel Krach.

- Binde eine Dose an einen langen Faden und stell sie auf einen Tisch. Das andere Ende des Fadens knüpfst du an den Fenstergriff. Wird das Fenster von außen geöffnet, fällt die Dose herunter und meldet den Einbrecher.

ACHTUNG:

Funktioniert nur bei Fenstern, die nach außen aufgehen. Bei Fenstern, die nach innen aufklappen, muss die Schnur gespannt sein, sodass die Dose ebenfalls heruntergezogen wird.

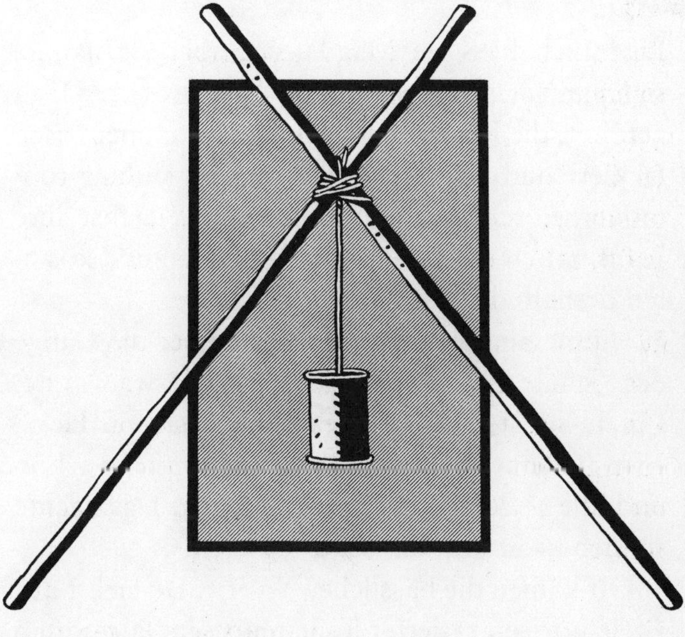

Rache ist Nagellack

Eigentlich hieß sie Magdalena, aber sie nannte sich Sunny (sprich: Sanni). Ihr Haar war stets flott geföhnt, die Finger- und Zehennägel immer frisch lackiert und selbstverständlich trug sie nur topmoderne, schicke, teure Klamotten. Selbst ihre Jeans hatten einen besonderen Namen und kosteten deshalb das Dreifache.

Sunny ging nicht, sie stolzierte über die Gänge der Schule, und wenn sie einmal etwas sagte, spitzte sie stets die Lippen, sodass sie ein Herzchen bildeten. Sunny fand sich umwerfend schön und alle anderen entsetzlich hässlich. Das dachte sie sich nicht nur, das sagte sie auch.

Oft kamen die hässlichen Worte „Du siehst aus wie ein frisch rasierter Toilettenbesen“ aus ihrem Zuckermund. Manches Mädchen bezeichnete sie als „frisch gerupfte Truthenne“, ein anderes nannte sie „Miss Urhässlich“ und wieder ein anderes „Glotzaugen-Stinkmorchel-Gesicht“!

Natürlich hatte Sunny aus diesem Grund nur sehr, sehr wenige Freundinnen und hauptsächlich Feindinnen.

Deshalb wunderte es keinen, als sie eines Tages am Ende der langen Pause eine schreckliche Entdeckung machte. Jemand hatte roten Nagellack in ihren offenen Schulrucksack geschüttet. Alle Hefte, Bücher und Ringmappen waren über und über mit der klebrigen roten Soße bekleckert. Viele Seiten waren vom Nagellack so durchtränkt, dass sie kaum noch lesbar waren. Wer auch immer diese Tat vollbracht hatte, er hatte ganze Arbeit geleistet.

Sunny stieß mehrere spitze Schreie aus und stampfte mit ihrem Füßchen auf. Mitleid erhielt sie keines, dafür jede Menge Spott und Gelächter. Das Mädchen musste alle Hefte neu schreiben und deshalb bestimmt auch einmal auf das Sonnenstudio oder das Föhnen der Goldlocken verzichten.

„Recht geschieht ihr! Allerdings würde ich schon gerne wissen, wer das getan hat“, raunte Axels Schulfreund Bernhard dem Knickerbocker ins Ohr. Als Axel den Mund öffnete, zwickte ihn Bernhard heftig in den Arm: „Stopp, Axel! Diesmal wirst du nicht Detektiv spielen. Der ‚Täter‘ soll unerkannt bleiben, damit sich Sunny nicht an ihm rächen kann!“ Axel sah das ein und biss sich auf die Lippe.

Leider gab es noch eine große Gefahr. Sie hieß: Lehrer. Sunny beschwerte sich natürlich bitterlich bei Herrn Frohmüller, der die Klasse nach der Pause in Physik unterrichtete. Dieser hatte aber auch kein Mitleid. „Mein gutes Kind, ich wette, du hast wieder eine Flasche Nagellack in deiner Schultasche gehabt, die nicht gut genug verschraubt war. Jaja, die Schwerkraft ist daran schuld, dass der Lack ausgeronnen ist. Hättest du in meinen Stunden besser aufgepasst, wüsstest du das!“

Hämisches Gekicher der ganzen Klasse war die Folge. So bald würde Sunny nicht mehr andere verspotten.

Axel grinste in sich hinein. Der gute Professor Frohmüller hatte ausnahmsweise einmal nicht Recht. Sunnys schlecht verschraubter Nagellack konnte es nicht gewesen sein.

KRIMI-FRAGE:

Wie kommt Axel darauf?

KRIMI-LÖSUNG:

E	D	R	S	T	T	$	E	B	N	S
	F	W	U	(	R	C	D	!	E	
D	$	I	E	G		C	F	E	A	R
B	%	E		X	V	H	O	M	N	
O	)	B	E	$	N	M		F	G	E
S	$	C	H	U	Ü	(	T	B	T	E
T	N	.		D	Z	&	W	!	E	I
T	%	E	N	X	S	C		A	W	A
R	%		E	/	S	C		E	L	A
U	(	T		E	B	D	E	A	S	C
H	P	R	E	T	I	&	B	$	U	N
G	B		V	A	I	&	E	B	L	
M	H	E	H	/	R	)		Q	A	L
S	W		E	&	I	B	N	J		K
L	U	E	I	)	N	X	E	!	S	
F	K	L	Ä	R	S	X	C	G	H	C
H	&	E	N	M	.	F		C		
S	F	W		%	Z	/	=		O	P
D	V	N	J	&	L	Ä	*	;	'	M
G	S	W	!		A	C	R		B	H

Gefangen in der Wassergruft

Eigentlich hatten die vier Freunde ihr neues Schlauchboot ausprobieren wollen. Lieselotte trug es in einem Rucksack auf dem Rücken. Als sie auf dem Weg zum See bei einem kleinen Haus vorbeikamen, machten sie jedoch eine schreckliche Beobachtung. Eine junge Frau bedrohte einen alten Mann und knöpfte ihm ein Bündel Banknoten ab. Danach wollte sich die Frau aus dem Staub machen, aber die Bande heftete sich an ihre Fersen. Die Unbekannte schien nicht zu bemerken, dass sie verfolgt wurde. Sie lief quer durch die Stadt, auf ein altes Kraftwerk zu.

Als sie dort angekommen war, drehte sie sich völlig überraschend um und bedrohte die Knickerbocker-Freunde mit einer Pistole. „Jetzt hat das Räuber-und-Gendarm-Spiel ein Ende!", zischte sie und gab Axel, Lilo, Poppi und Dominik ein Zeichen, vor ihr herzugehen.

Die Frau brachte die vier in einen hohen Raum,

der mit einer schweren Eisentür verschlossen war. Sie öffnete die Tür, stieß die Knickerbocker-Bande hinein und schloss ab. Gleich darauf hörten die vier Freunde ein eigenartiges Quietschen und Knirschen. Im Licht der kanaldeckelgroßen runden Öffnung, die sich mindestens fünf Meter über ihnen befand, erkannten sie ein Rohr in der Wand, aus dem ein Sturzbach schoss. Die Bande saß in einem Wassersammelbecken gefangen, in dem die Frau sie ertränken wollte.

Lieselotte versuchte einen kühlen Kopf zu bewahren. Einfach war das allerdings nicht. Das Wasser stand ihr bereits bis zu den Knöcheln. Doch sie schaute sich ruhig um und schließlich hatte sie eine Idee.

Der Knickerbocker-Bande gelang es, nass, aber unverletzt zu entkommen. Die Diebin konnte aufgrund ihrer genauen Beschreibung festgenommen werden.

KRIMI-FRAGE:

Was haben die Knickerbocker gemacht?

KRIMI-LÖSUNG:

S	I	N	E	D		H	T	A	V	B
E	N	H		D	D	A	W	S	C	
S	C	T	H	M	L	A	W	U	V	C
H	B	%	O	)	O	T	S		A	A
U	F	V	G	“	E	B	?	L	&	A
S	E	V	N	N		U	Z	N	F	D
S	I	T	N	D	D		S	V	R	O
M		!	W	E	A	S	F	S	%	E
R		F	Z	&	U	R	F		C	D
E	C	B	K	)	E	N	K	Ö	V	F
F	N	J	U	&	N	G	D		G	G
E	T	G	R	&	A	G	)	E	V	N
	W	U	O	%	R	D	$	E	B	N
.		F		B			T		M	
R	H	B	S		$	T	/	=	P	Ö
*	H	N	K		*	F	T		B	D
T	&	/	J	N	D	O	X	P	=	Y
D	W	T	G	B	S		Z	H	B	C
/	J	U		C	S	F	R		G	B
D	B	G	Z	=	P	Ö	;	:	S	W

Wenn der Werwolf heult

Harry von Litzwitzs Hautfarbe war so grau wie seine Haare. Tiefe Furchen zogen sich über seine Wangen. Immer wieder schüttelte er den Kopf und fuhr sich mit den Händen über das Gesicht. „Es ist alles nur Aberglaube, aber ... aber ... als es geschehen ist, hab ich fast einen Herzschlag erlitten!“, stammelte er.

Lieselotte legte dem alten Mann, der ein weltberühmter Fotograf war, den Arm auf die Schulter. Harry von Litzwitz hatte die Bande nämlich angerufen, weil er sich von den vier Junior-Detektiven Hilfe erwartete.

„Bitte, erzählen Sie jetzt langsam, was gestern Nacht geschehen ist!“, bat Axel.

Der Fotograf schluckte und begann: „Es war kurz nach Mitternacht, als ich von einem Geräusch geweckt wurde. Es kam aus der Halle meiner Villa. Da ich hier allein lebe, habe ich sofort an einen Einbrecher gedacht. Schließlich besitze

ich sehr wertvolle Sachen. Ich bin deshalb zur Treppe geschlichen und habe einen vorsichtigen Blick nach unten geworfen. Durch ein Fenster fiel das Mondlicht. Und da stand er ... der Werwolf. Ein Mensch in einem schwarzen Anzug mit einem Wolfskopf. Aus dem Maul tropfte ... Blut. Aber das ist noch nicht alles. Ihr müsst wissen, dass mir vor vielen Jahren eine Zigeunerin aus der Hand gelesen hat. Sie sagte, dass mein Leben enden wird, wenn der Werwolf heult."

Dominik zuckte bei diesen Worten zusammen. „Das würde ja bedeuten ... dass Sie", stotterte er.

Lieselotte ließ ihn nicht weiterreden. „Das bedeutet, dass sich jemand einen bösen Streich geleistet hat. Jemand, der Sie vielleicht sogar ... zu Tode erschrecken wollte."

Die Junior-Detektive schwiegen betroffen.

„Wer will das?", fragte der alte Mann leise.

Das war für Poppi klar: „Zum Beispiel einer, der von Ihnen etwas erben kann."

Lilo knetete ihre Nasenspitze und dachte nach. „Wer kannte die Geschichte mit der Prophezeiung der Zigeunerin?", fragte sie schließlich.

„Eigentlich ... nur meine Nichte und mein Neffe. Aber es kann keiner von ihnen gewesen sein. Sie sind beide verreist. Ich habe heute Ansichtskarten von ihnen bekommen."

Herr von Litzwitz deutete auf den Tisch, wo die zwei Karten lagen. Die Knickerbocker-Freunde beugten sich darüber und betrachteten sie prüfend.

Es war Dominik, der etwas Verdächtiges entdeckte. „Ich glaube, wir wissen, wer Ihnen als Werwolf erschienen ist. Ich bin sogar sehr sicher!“

Der Verdacht bestätigte sich. Werwolfbesuch bekam Harry von Litzwitz von nun an nicht mehr. Die Gier nach seinem Geld hatte tatsächlich einen seiner Verwandten zu dieser schrecklichen Tat getrieben …

KRIMI-FRAGE:

Wer erschien Dominik besonders verdächtig?

KRIMI-LÖSUNG:

N	J	I	C	G	H	S	T	$	E	
K	O	A	T	%	H	C	I	M	.	
S	“	I	E	A		V	B	I	E	H
A	T	U	P	J	T	&	E	F	T	,
	R	I	N	C		F	V	E	O	R
A	$	R	L	N	B	Z	E	%	R	G
	I	Z	U	H		C	S	%	E	I
N	M	.		W	D	R	E	S	R	
P	Ü	O	S	$	T	F	S	(	T	E
M	I	P	E	/	L	C		L	L	A
U	)	T	E	F	T	S		Q	A	B
E	T	R		W	W	I	I	=	E	N
.	Z			R		Z		S		
D	W	5	H	N	L	Ö		D	W	E

Wie weit entfernt?

Wie weit ist jemand von dir entfernt? Hier einige Tipps, damit du Entfernungen besser schätzen kannst. Außerdem kannst du mit dieser Tabelle überprüfen, ob ein Zeuge die Wahrheit sagt oder gelogen hat. Behauptet er, etwas gesehen zu haben, was er gar nicht erkannt haben kann? Natürlich sind das keine exakten Meterangaben, sondern ungefähre Entfernungen.

- Auf ***50 Meter*** Entfernung erkennst du das Gesicht einer Person. Du siehst seine Augen und seinen Mund.
- Auf ***100 Meter*** Entfernung erscheinen dir die Augen eines Menschen nur noch als schwarze Punkte.
- Auf ***200 Meter*** Entfernung kannst du das Gesicht noch recht genau erkennen. Auf jeden Fall sind Knöpfe, Taschen und andere Besonderheiten der Kleidung klar wahrzunehmen.
- Auf ***300 Meter*** Entfernung erscheint dir ein

Gesicht nur noch als Fläche. Augen und Nase sind nicht mehr zu unterscheiden.

- Auf **500 Meter** Entfernung erkennst du nur noch die Figur eines Menschen. Klar zu sehen sind die Farben seiner Kleidung und ob er einen Hut trägt.
- Auf **600 Meter** Entfernung erscheint dir der Kopf eines Menschen nur noch als Punkt.
- Auf **700 Meter** Entfernung verschmilzt der Kopf mit dem Körper zu einem großen Punkt.

Auf einem langen geraden Weg kannst du diese Angaben mit einem Freund testen. Ihr marschiert einfach immer weiter voneinander weg.

Ein Bankräuber geht in die Luft

Die Flugschau war laut Axel mega-spitzenklasse-oberaffen-supersteil! Auf dem Flugplatz der Stadt hatten sich 10 000 Menschen versammelt und starrten angestrengt in die Luft, wo die tollsten Flugzeuge ihre Bahnen zogen. Immer wieder tauchten Düsenjäger auf, die farbige Kondensstreifen hinterließen und damit Buchstaben, ja sogar ganze Worte an den Himmel malten. Ein kleiner Jet interessierte Dominik besonders. Er war nicht nur Meister im Looping-, Drudel- und Schrauben-Fliegen, sondern stieß auch immer wieder kleine Rauchwolken aus, die wie weiße Punkte stehen blieben.

Später schwirrten alte Flugzeuge – Doppeldecker und laut knatternde Propellermaschinen – über die Köpfe der Zuschauer. Eine Fallschirmformation, die in der Luft die olympischen Ringe formte, bildete den Abschluss der Schau. Axel hatte alles auf Video aufgenommen und wollte sich das Band sofort zu Hause ansehen. Die anderen waren einverstanden und kamen mit.

Als sie dem Ausgang zustrebten, meinte Lilo: „Wieso sind hier so viele Polizisten. An der Menschenmasse kann es nicht liegen. Da ist etwas anderes los!“ Ein paar Schritte weiter fing sie einige Worte auf, die zwei Polizisten miteinander wechselten. „Hier finden wir sie nie ... die Bankräuber ... Soll eine ganze Bande sein, die ihren Boss nicht kennt ... bekommt die Anweisungen auf unterschiedlichste Art ... Hier angeblich auch wieder, aber wonach sollen wir suchen?“

Als das Mädchen den anderen von diesem Gespräch erzählte, kam Dominik eine Idee. Er ließ sich daheim von Axel das Videoband zu der Stelle spulen, wo das Flugzeug zu sehen war, das die Punkte ausspuckte. Aus dem Bücherregal holte er ein Lexikon und schlug etwas nach. Nur fünf Minuten später konnte er seinen Kumpels sagen, welche Botschaft der Bankräuberbande übermittelt worden war!

KRIMI-FRAGE:

Was hat Dominik herausgefunden?

KRIMI-LÖSUNG:

E	D	S		F	H	&	A	F	N	D
E	%	L	T	F		G	S	C	I	C
H	B		U	(	M	=		S	D	I
E	R		B	K	L	=	I	H	N	D
E	F	N	S	$	C	&	H	Z	R	I
F	B	T	.	F		$	S	"	I	E
B	&	E	S	G	T	R	E	N	H	T
	A	A	U	F	S	%		G	P	U
N	H	K	T	/	E	!	N	M	.	
Q	E	D	F		D	V	G	T	/	)

SONDER-KRIMI-FRAGE:

Wie lautet die Botschaft?

Kannst du im Lexikon die Übersetzung finden?

Zusätzlich:

KRIMI-LÖSUNG:

S	A	Z	L	)	Z	B	H	U	F	R
G		D	S	O	P	A	F	R	(	K
A	S	$	S	F	E	.	I		M	
S	C		F	E	G	B	J	(	O	L

Der Schlangenmann

Axel und Poppi schlenderten über den Rummelplatz. Sie fuhren mit der Geisterbahn, mit dem Autodrom, der Achterbahn und der Todesschleuder. Danach stopften sie sich mit Zuckerwatte und Kartoffelpuffern voll und schlenderten von Bude zu Bude.

„Treten Sie näher, meine Herrschaften!“, rief ein Mann vor einem kleinen Zelt. „Jede Menge Sensationen erwarten Sie hier. Eine kleine Kostprobe gefällig? Hier sehen Sie Hanibal, den Schlangenmann!“

Durch einen schmuddeligen Vorhang trat ein Muskelmann, der vom Hals bis zu den Füßen tätowiert war. Über seine Arme und Beine, die Brust und den Rücken schlängelten sich bunte Schlangen, die ineinander verschlungen kunstvolle Ornamente bildeten.

„Bereits im Alter von sieben Jahren wurden ihm viele der Schlangen, die Sie hier auf seinem Körper bewundern können, eintätowiert. Insgesamt dauerte es fast 20 Jahre um dieses einzigartige Kunstwerk zu beenden. Aber in meiner Schau erwarten Sie noch andere Sensationen wie die Frau, die in eine winzige Milchkanne schlüpfen kann, oder der Mann, der schwebt!"

Axel grinste. „Ich glaube dem Kerl kein Wort!", flüsterte er Poppi zu.

„Eine Frau in einer Milchkanne, das kann ich mir auch nicht vorstellen", meinte Poppi.

Axel schüttelte den Kopf. „Ich denke an etwas anderes. Es hat mit dem Schlangenmann zu tun und kann nicht stimmen!"

KRIMI-FRAGE:

Was meint Axel?

KRIMI-LÖSUNG:

D	I	)	E	F		T	Ö	Ä	G	T
O	W	Y	I	%	E	R	F	U	Z	N
G	E	%	N	A		K	L	Ö	I	N
N	E	/	N	A		N	V	I	)	C
H	T	E		W	S	O	(		W	A
L	T	E		!	S	E	H	I	=	N
.		Ü	D	T	U	R	B	C	/	H
	D	E	A	X	S		%	W	)	A
C	H	G	S	R	T	U	N	M	)	
W	Ä	=	R	$	E	N	V		E	S
I	E	F		W	V	E	F	R	&	Z
E	R	C	R	/	T		E	W	!	O
R	D	V	E	S	N	.	P		&	
F	B	G	T	/		)	I	K		;
F	G	B		$	G	H	L	Ö	P	M
E	F	V	G		$	S	W		R	T
	H	N	Z	/	I	K		S	C	D
E	$	G	N	S		(	H	B		G
S	V	F	/		K	L	Ä	*	N	J
F	H	T	U	M	S	$		U	J	B

Die Bikini-Party

Anatol Klondeik hatte alles genau geplant. Pünktlich um 8 Uhr am Abend trafen 25 Luxuslimousinen der Marke Rolls-Royce vor seiner Villa ein. Ihnen entstiegen 75 Gäste, die er zu seiner Diamantenparty geladen hatte.

Anatol Klondeik war Juwelier und hatte nur die Reichsten der Superreichen als Kunden. Jedes Jahr veranstaltete er ein großes Fest, zu dem er ausschließlich die Leute einlud, die in der Vergangenheit das meiste Geld in seinem Laden gelassen hatten. Natürlich gab es bei jedem dieser Feste eine Sensation: Diesmal präsentierte Herr Klondeik das „Auge des weißen Dämons“. So hieß ein fast hühnereigroßer geschliffener Diamant, der Millionen wert war.

Aber auch wenn seine Gäste alle im Geld baden konnten, misstraute ihnen der Schmuckhändler. Deshalb hatte er sich für das Fest einiges ausgedacht. Niemand durfte in seinem eigenen Wagen kommen. Alle Besucher wurden von einem Rolls-Royce abgeholt. Auf diese Art und Weise konnte er sicher sein, dass kein ungebetener Gast darunter war.

Es gab weder Kellner noch Serviermädchen. Das Buffet und die Getränke betreuten seine eigenen Kinder. Außerdem – und das war wohl der größte Scherz an der Party – durfte keiner einen Anzug oder ein Abendkleid tragen. Es waren nur Badehosen und Bikinis erlaubt.

Anatol Klondeik fühlte sich so sicher, dass er es sogar wagte, das „Auge des weißen Dämons" ohne Bewacher auf einem dunkelroten Samtkissen auszustellen. Das Kissen lag auf einer Säule, die sich auf der Terrasse befand.

Das Wetter machte dem Juwelier allerdings einen Strich durch die Rechnung.

Als alle Gäste sich versammelt und das Glas auf den Schmuck-Heini erhoben hatten, brach ein Gewitter los. Bereits der erste Blitz schlug in die Villa Klondeik ein und ließ die Sicherungen zerbersten. Das Haus und der Garten lagen für Sekunden in absoluter Dunkelheit. Ein Schrei ging durch die Menge.

Aber Herr Klondeik hatte an alles gedacht. Er besaß einen Notstromkreis, der sich automatisch einschaltete und einige Beleuchtungskörper in

Gang setzte. Das schwache Licht reichte aus um zu sehen, dass der Riesendiamant verschwunden war. Die Polizei, die kurze Zeit später eintraf, konnte ihn bei keinem der Gäste finden. Auch im Garten und im Haus blieb die Suche ergebnislos.

Durch Max, den Sohn von Herrn Klondeik, erfuhr die Knickerbocker-Bande von dem Vorfall. Lieselotte knetete wieder einmal ihre Nasenspitze und meinte: „Für den Diebstahl kommt eigentlich nur jemand infrage, der nahe am Kissen gestanden und die Gelegenheit genutzt hat. Max, gibt es vielleicht Fotos?“ Max versprach, diese zu besorgen.

In der Tat beschaffte er bis zum nächsten Tag einige Bilder. Eines davon war kurz vor dem Diebstahl geknipst worden.

Natürlich hatte der Fotograf noch einmal abgedrückt, als das Licht wieder anging und der Diebstahl entdeckt wurde. Dieses Foto ließ sich gut an Zeitungen verkaufen.

Lieselotte wiegte den Kopf. „Ich kann mich auch total irren, aber ich glaube, ich weiß, wer der Dieb ist!“

Max konnte das nicht glauben. „Aber es hatte doch keiner eine Tasche, wo er das Ding hätte hineinstecken können.“

Lieselotte grinste verschmitzt und sagte nichts.

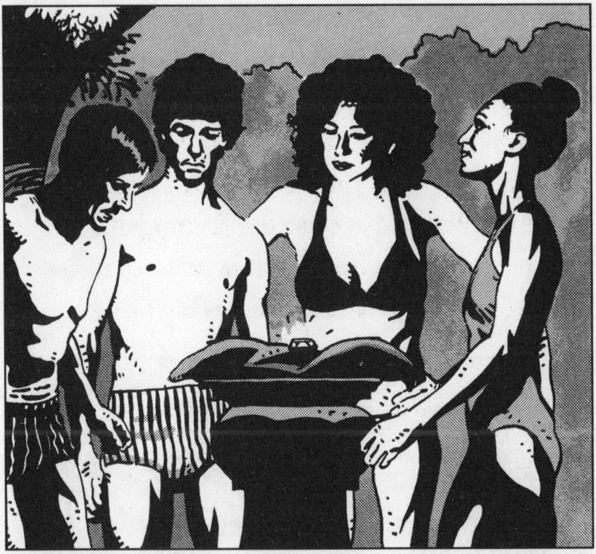

Sie teilte ihren Verdacht dem Polizeiinspektor mit, der den Fall bearbeitete, und einen Tag später erfuhr sie bereits, dass sie Recht gehabt hatte.

KRIMI-FRAGE:

Wie und wo ist der Diamant weggeschmuggelt worden?

KRIMI-LÖSUNG:

I	B	M		W	A	F	U	H	F	G
E	%	S	T	V	E	!	C	M	K	T
E	M	N		H	H	U	A	I	A	R
K	)	N	O	&	T	W	E	V	N	.
	F	D	E	T	R	Z		V	F	R
A	/	U	.	P		H		K		
S	G	E	R	F		V	G	B		H
	F	V	G		H	Z	/	$	R	F

Der Clown mit der Kanone

Die Vorstellung im Zirkus Zaroni ging mit dem großen Finale zu Ende, bei dem alle Stars noch einmal durch die Manege marschierten. Axel, Lilo, Poppi und Dominik schoben sich die Reste ihres Popcorns in den Mund und klatschten artig in die Hände. Das Programm war langweilig gewesen. Einzig und allein Pipo, der Clown, war sehenswert. Betrat er das Zirkuszelt, blieb kein Auge trocken. Seine feuerroten Wuschelhaare, sein bunt geschminktes Gesicht, seine riesigen Schuhe und die mächtigen, dick wattierten Handschuhe mit den klobigen Fingern sahen einfach zu komisch aus. Und wenn er dann den Omis Liebesgedichte vortrug und um die Hand kleiner Besucherinnen anhielt, lachten alle.

Die Besucher der Vorstellung schoben sich durch den Ausgang ins Freie und marschierten an den Wohnwagen vorbei über die Festwiese. Aus einem der Wagen drangen aufgeregte Stimmen.

„… er hätte geschossen!“, schnappten die Junior-Detektive auf.

Lieselotte lief zum Fenster des Wohnwagens, stellte sich auf die Zehenspitzen und konnte so einen Blick in das Innere erhaschen. Sie erkannte einen Mann in einem schwarzen Frack. Sie wusste, um wen es sich handelte. Es war Franco, der eine langweilige Hundenummer vorführte. Laut Programmheft war Franco auch Mitbesitzer des Zirkus. Der Direktor und Chef war aber niemand anderer als Pipo.

Neben Franco stand ein Polizist und notierte alles, was ihm der Mann erzählte. Die vier Freunde schlichen zur Eingangstür des Wohnwagens, die ein wenig offen stand. Sie spähten durch den schmalen Spalt. Auf dem Boden lag Pipo. Dominik erinnerte sich, dass der Clown bei der Abschlussparade gefehlt hatte. Allerdings hatte er sich nicht sonderlich darüber gewundert. Pipo trug noch immer dasselbe Clownkostüm wie in der Manege.

„Ich habe ihn hier in meinem Wohnwagen überrascht, als er mein Geld stehlen wollte. Ich habe von einer Tante ein kleines Vermögen geerbt und bewahre es in einer Schatulle auf. Pipo war der Einzige, der davon wusste. Er wollte es nehmen, und als ich aufgetaucht bin, zog er eine Pistole aus seiner Hosentasche und richtete sie auf mich. Zum Glück bellte in diesem Moment einer meiner Hunde. Pipo hat sich für einen Moment weggedreht, und ich konnte die Gelegenheit nutzen und ihn mit dieser Holzfigur bewusstlos schlagen."

Axel ließ seinen Blick zu Boden schweifen und sah tatsächlich eine Pistole neben den Handschuhen des Clowns liegen.

„Dieser Mann ist gefährlich!", versicherte Franco mehrere Male. Der Polizist nickte.

Lilo zog die anderen zur Seite und flüsterte: „Da stimmt etwas nicht. Ich glaube, es ist genau umgekehrt. Franco ist gefährlich. Er will wahrscheinlich Pipo ausschalten, weil er der Star des Zirkus ist. Deshalb hat er diese Geschichte vorgetäuscht!"

Poppi nickte. Ihr war derselbe Gedanke gekommen. Diesmal waren es Axel und Dominik, die nicht ganz mitkamen.

KRIMI-FRAGE:

Wie kommt Lieselotte auf den Verdacht?

KRIMI-LÖSUNG:

D	F	E	R	A		X	C	K	L	O
W	I	N		D	K	Z	A	E	N	N
	B	M	I	R	T	(		E	S	E
I	O	N	E	!	N	H		C	D	I
C	G	K	E	T	N	M	,			W
A	E	T	T	/	I	$	E	F	R	T
E	B	N		G	H	X	A	R	N	D
S	F	C	H	W	U	R	H	%	E	N
	P	N	I	R	C	G	H	(	T	S
	S	H	A	W	L	Z	T	&	E	N
!	F		E	G	R	Z		Q	H	Ä
T	/	T	E	S		D	S	G	I	E
A	W	U	S	F	G	Q	E	(	Z	O
G	R	E	N	;	,	W	W	E	E	N
N	H		E	D	R	W		R	E	S
	G	E	R	T	N	Y	S	A	T	
G	U	E	M	D	E	F	I	F	N	T
	Z	H	Ä	$	T	(	T	“	E	.
R	G		/	J	M	,	L	P	Ä	
W	F	B		L	O	=	H		N	J

Arnies Absturz
1

AM TATORT

Dominik platzte fast vor Stolz. Er durfte gemeinsam mit dem berühmten Actionfilm-Star Arnie Schwarzbach vor der Kamera stehen. Dominik spielte seinen Sohn und fand, dass diese Rolle der absolute Höhepunkt seiner schauspielerischen Laufbahn war.

Als ihn seine Freunde von der Knickerbocker-Bande am 12. Juni kurz nach zehn Uhr morgens am Drehort besuchten, herrschte große Aufregung. Arnie war bei einer ziemlich gefährlichen Szene abgestürzt und hatte sich das linke Bein gebrochen. Die Dreharbeiten mussten bis auf weiteres verschoben werden.

„Wie konnte das geschehen?“, fragte Lieselotte, das Superhirn.

Dominik zuckte mit den Schultern. „Ich wette, dass Arnie keine Schuld trifft. Das Seil, an dem er sich über den Abgrund geschwungen hat, ist plötzlich gerissen.“

Axel hatte einen Verdacht: „Vielleicht wurde das Seil von jemandem durchgeschnitten!“

Das konnte sich Dominik nicht vorstellen: „Es war niemand in der Nähe, als die Szene gedreht wurde. Allerdings gibt es zwei Schauspieler, die nur zu gerne Arnies Rolle bekommen hätten. Beide waren heute da und haben bei den Dreharbeiten zugesehen.“

Für Poppi war die Sache klar: „Dann hat einer der beiden eine günstige Gelegenheit genutzt um Arnie auszuschalten. Derjenige hofft sicher, dass er jetzt die Rolle übernehmen kann.“

Lieselotte war sich nicht so sicher und bat ihren Knickerbocker-Freund, die Bande zum Unfallort zu führen. Dort untersuchte sie alles gründlich.

Das kannst auch du jetzt tun. Auf der gegenüberliegenden Seite siehst du den Tatort. Beantworte folgende Fragen:

1. Ist das Seil von allein gerissen?
2. War der Drehort vielleicht einige Minuten unbeaufsichtigt?
3. Hat der Täter das Messer noch bei sich?
4. Hat sich der Täter an einer Stange festgehalten, als er das Seil angeschnitten hat?
5. Hat sich der Täter fest angeklammert?
6. Ist der Täter ein Rechtshänder?

HEUTE BIN ICH
40!
WAS FÜR EIN SCHOCK!
BEVOR WIR ZU
DREHEN BEGINNEN,
MÜSST IHR MIT MIR
MEINEN GEBURTSTAG
FEIERN. ALLE
MÜSSEN KOMMEN.
UM 8.30 UHR BEI
MEINEM WOHNWAGEN
Arnie

Für jede richtige Antwort bekommst du:

KRIMI-LÖSUNG:

	H	T		3	.	L	F	D		4
1	.				N	E		I		N
.			2		.			J		A
.			3		.			N		E
I	N		.			4		.		
J	A		.			5		.		
J	A		.			6		.		
N	E		I		N	.				
.			X		Y	U		N		.
8	.	J	G	D		9	.		P	E

Arnies Absturz 2

AM TATORT

Nachdem die Knickerbocker-Bande am Tatort einige wichtige Anhaltspunkte gefunden hatte, führte Dominik seine Kumpel über das Filmgelände und zeigte ihnen die Verdächtigen.

Natürlich wollte keiner es getan haben.

Die Aussagen im Einzelnen:

Björn Hollmann, Filmschauspieler: „Ich bin bestürzt. Der arme Arnie! Dieser Film ist für ihn wohl gelaufen. Zum Glück wurde noch nicht viel gedreht. Bestimmt wird mit einem anderen Darsteller neu begonnen werden!"

Dolf Lindgrün, Filmschauspieler: „Armer Arnie! Ausgerechnet an seinem Geburtstag musste die letzte Klappe für ihn fallen. Bestimmt kann er erst wieder in ein oder zwei Monaten drehen. Wer wird ihn ersetzen? Ich hätte auf jeden Fall Interesse an der Rolle!"

Zeus Zeug: „Ich bin für das Seil verantwortlich und ich schwöre, es war okay, als ich es auf-

BJÖRN HOLLMANN

DOLF LINDGRÜN

ZEUS ZEUG

gehängt habe. Dann bin ich zu Arnies kurzer Geburtstagsparty gegangen und da muss jemand etwas gemacht haben. Ich war es nicht. Nicht für viel Geld würde ich so etwas tun."

Die vier Knickerbocker-Freunde verzogen sich und beratschlagten, wer Arnies Absturz eingefädelt haben könnte. Es dauerte eine Weile, bis sie herausgefunden hatten, dass nur ein Einziger dafür infrage kam.

Alle Hinweise sprachen dafür …

KRIMI-FRAGE:

Wer war es?

KRIMI-LÖSUNG:

B	B	J	Ö	S	R	F	N	I		H
O	D	L	L	F	M	H	A	K	N	N
.	W		E	B	R	A		D	T	R
Ä	T	G	T	H		X	D	E	I	E
	!	U	H	P	R	I		W	R	E
C	H	H	T	Ö	S	K		A	U	N
D	N		I	L	S	O	T	X		D
A	K	H	E	R	R	M		C	L	I
N	L	K	S	!	H	I	Ä	!	N	D
E	O	R	,	R		J	W	K	I	E
	Ü	D	E	F	R	H		:	T	Ä
T	:	E	R	J	.	N		M		
A	S	D		G	H	U	!	N	M	
	D	E	R	T	Z	G	H	J		L
R	T	Z	U	H	N	M	K	A		Ö
!	D		3	.		R	T	Z	N	V

Trainingsfall von Poppi

Feuer im Eis

Seit einer Woche hielt der Feuerteufel das kleine norwegische Dorf Lörström in Atem. Er kam lautlos, zündete eine Benzinbombe und verschwand blitzschnell. Bis die Feuerwehr sich durch Schnee, Eis und Temperaturen von –22 °Celsius gekämpft hatte, war es längst zu spät. Von den Häusern war nur mehr ein Haufen rauchender Trümmer übrig. Sechsmal hatte er bereits zugeschlagen.

Am Montag aber schleppte Ole Lunder einen Mann namens Björn Aquist zur Polizei und schrie: „Das ist er … der Feuerteufel! Er wollte bei meinem Haus Feuer legen, aber zum Glück haben meine Hunde angeschlagen und ihn verjagt!“

„Das ist nicht wahr!“, protestierte Björn. „Ich war heute zu Hause und habe ferngesehen!“

„Haben Sie den Mann auf frischer Tat ertappt?“, fragte der Polizist.

Ole verneinte. „Ich war nicht schnell genug. Bis ich begriff, dass der Feuerteufel es diesmal auf mein Haus abgesehen hatte, war er schon längst über alle Berge."

„Du willst mir das nur in die Schuhe schieben, weil du mir Geld schuldest!", meinte Björn.

„Halt, wieso wissen Sie überhaupt, dass dieser Mann bei Ihrem Haus war, wenn Sie ihn gar nicht gesehen haben?", wollte der Polizist wissen.

„Ich habe meinen Hund auf seine Spur angesetzt. Er hat die Fährte sofort aufgenommen und mich direkt zu Björn geführt!", erzählte Ole. „Sie müssen den Mann verhaften, er ist gefährlich. Er gehört hinter Gitter!"

Der Polizist überlegte eine Weile. Dann wusste er, was er zu tun hatte.

KRIMI-FRAGE:

Was hättest du an seiner Stelle getan?
War Björn der Feuerteufel?
Oder wollte Ole ihm tatsächlich die Sache
nur in die Schuhe schieben,
weil er ihm Geld schuldete?

KRIMI-LÖSUNG:

	E	E	R	S	Q	Y	H	N	M	I
O	E	L	E	:		T	H	Q	A	T
	F	G	E	R	L	R	O	S	G	E
N	G	:		F	B		E	C	I	
–	Z	2	2	T	°	D			C	E
L	N	S	I	Z	U	E	S	F		K
Ö	H	N	N	H	E	R	N	T		H
U	J	N	D	U	E	G		U	K	E
I	I	N	E	I		B	S	J	P	U
R			V	E	E	H	R	J	F	O
L	L	G	E	D	N	I	.	M		
A	W	Q	L	Ö	P	O		D	O	O
!	D	F	V	B		B	T	T	D	F
E	R	N	M	:		I	O	M	M	E
R	D		A	M	M	B	A	L	L	L
B	L	E	E	I	I	N	B	G	E	.
	K	L	Ö		P	O	T	Z	M	N

Detektivtraining

Ein Superspiel, wenn du mit deinen Knickerbocker-Freunden allein zu Hause bist. Einer geht hinaus und muss warten. Die anderen bereiten in der Zwischenzeit alles vor.

Die Aufgabe lautet: Komm auf ein vereinbartes Zeichen – Pfiff, Klingeln, Rufen – in die Wohnung oder das Haus und gehe in das Wohnzimmer, Kinderzimmer oder Badezimmer. Aber Achtung! Es darf kein Licht gemacht und keine Taschenlampe verwendet werden. Doch auf dem Weg warten viele Hindernisse auf dich. Du musst den Weg finden und dabei so wenig Geräusche wie möglich machen!

Ein paar Tipps:

- Leere Dosen gleich hinter der Tür. Sie klappern, wenn der „Detektiv“ dagegenstößt.
- Fäden, die quer über den Gang oder die Treppe gespannt werden. An ihnen hängen Glöckchen

oder einfach zwei Löffel, die aneinander schlagen, wenn der Faden berührt oder zerrissen wird.

⊟ Alufolie auf dem Boden knistert, wenn man drauftritt.

⊟ Sessel können den Weg verstellen.

In dem Zimmer, das erreicht werden soll, steht der Schiedsrichter und zählt alle Geräusche, die er hört.

Das sprechende Leder

Die Knickerbocker-Bande war begeistert. Eine ganze Woche lang durfte sie noch in Kalifornien verbringen. Axels Brieffreund Chet hatte die vier eingeladen und zeigte ihnen alles, was ihn begeisterte. Er führte sie nach Disneyland, in die Universal-Filmstudios, in den Tierpark von San Diego und in eine alte Goldgräberstadt.

„Ghost Town sagen die Leute hier“, erklärte er der Bande. „Weil die Häuser, der Saloon, das Gefängnis und alle Läden verlassen sind. Es gibt nur noch ein kleines Museum, in dem einige interessante Sachen gezeigt werden.“

Das Museum war in einem Holzhaus untergebracht und auf den ersten Blick eher langweilig. In großen Vitrinen konnte man Spitzhacken, Schaufeln und Schüsseln sehen, die die Goldgräber früher benutzt hatten. „Aha ... ahammm!“ – mehr fiel den Juniordetektiven nicht dazu ein.

Das Museum schien auch nicht besonders beliebt zu sein, denn außer ihnen befanden sich nur eine ältere Frau mit pechschwarzem, kräftigem Haar, eine Mutter mit einem Kinderwagen, in dem friedlich ein Baby schlummerte, ein alter Mann, der einem Wildwestfilm entsprungen zu sein schien, und ein jüngerer Mann in einem knallroten Jeansanzug im Haus.

Vor einem Glaskasten, in dem ein handtuchgroßes Lederstück aufgespannt war, blieb Poppi stehen. Neugierig betrachtete sie den Inhalt der Vitrine. Poppi bestaunte die mit Erdfarben aufgemalten Zeichen.

Das Mädchen erkannte einen Berg, einen Fluss, Pferde, die Sonne und etwas Glitzerndes.

„Das ist ein sprechendes Leder. Es gehörte meinem Urgroßvater, und ich hätte es so gerne zurück“, sagte die alte Frau mit dem pechschwarzen Haar. Sie sprach langsam und etwas gebrochen. Deshalb konnte Poppi ihr Englisch verstehen. Als die Frau bemerkte, dass Poppi sie ansah, stellte sie sich vor: Nia Nu hieß sie und war eine Indianerin.

„Auf diesem Leder hat mein Urgroßvater einen Platz im Berg eingezeichnet, wo sich Gold befindet. Keiner der Weißen hat seine Botschaft entschlüsseln können. Das Gold konnte nie gefunden werden. Dabei ist die Nachricht so einfach. Wer das sprechende Leder mit einer Landkarte von heute vergleicht, kann auf die Goldader stoßen", erklärte die Indianerin und entfernte sich murmelnd. Ein Mädchen kam und schubste Poppi zur Seite. Es öffnete die Vitrine, sprühte Fensterputzmittel auf das Glas und begann es innen und außen zu putzen.

Nachdenklich schlenderte Poppi weiter.

Gerade als die Knickerbocker das Museum verlassen wollte, kam das Mädchen, das die Vitrine geputzt hatte, auf sie zugestürzt und versperrte ihnen den Weg. „Halt! Keiner darf hinaus. Das sprechende Leder ist gestohlen worden. Ich musste kurz zum Telefon und konnte den Schaukasten nicht abschließen. Diese Gelegenheit muss jemand genützt haben. Ich werde die Polizei rufen!"

Hinter der Bande tauchte die Mutter mit dem Kinderwagen auf. Das Baby schrie, und sie wollte mit ihm an die frische Luft. Das Mädchen erlaubte es selbstverständlich. Die Frau begann vor dem Gebäude mit dem Kinderwagen auf und ab zu fahren und versuchte, das Kind zu beruhigen.

Im Museum musterten die Knickerbocker die übrigen Gäste. Der Cowboy war nicht mehr zu sehen. Entweder war er schon früher gegangen, oder er war der Dieb und durch einen Hinterausgang entwischt. Der Typ im roten Jeansanzug hielt eine große Zeitung in der Hand, die er zu einer Rolle geformt hatte, und schlug sich damit ständig in die Hand. Die Indianerin lächelte milde. Sie hatte die Hände vor dem Bauch verschränkt, als ob sie etwas festhalten wollte, und wartete ab.

KRIMI-FRAGE:

Was sagt dein kriminalistisches
Fingerspitzengefühl?
Wer hat das sprechende Leder?

KRIMI-LÖSUNG:

D	I	F	E	G		F	D	R		A
U		R	M		I	T	F		D	D
E	M	G		B	B	A	R	B	F	Y
	H	T	A	H	T		T	D	V	A
S		B	L	Z	E	D	;	E	G	R
	I	H	N	!		D	L	E		N
	K	J	I	G	N	D	:	E	B	R
W	A	K	G		E	N	F		H	G
E	S	O	T	N	E	C	T	K	U	T
.		Ö		N			L		Z	

Übrigens: Das sprechende Leder war natürlich wegen der Goldader gestohlen worden. Doch der Dieb kam zu spät. Das Gold hatten schon die Indianer selbst geschürft. Mit dem Geld, das sie dafür bekommen hatten, war es möglich geworden, eine Schule zu bauen.

Auf Bitten der Knickerbocker-Freunde sollte das sprechende Leder in Zukunft dort aufgehängt werden.

Die zerbissene Münze

„Setzt euch neben den Kamin und seid schön still und brav!“, ermahnte Tante Esmeralda die Knickerbocker-Bande. Die Stimmung in dem düsteren, altmodisch eingerichteten Wohnzimmer war feierlich und steif.

Keiner der vier Freunde wagte zu widersprechen. Artig ließen sie sich auf die harten Hocker sinken und beäugten den schweren schwarzen Eichentisch, an dem in Kürze Axels Onkel Eduard und seine drei Geschäftspartner Ludwig von Ripp, Augustus Emerson und Willy Britt Platz nehmen würden. Die drei waren Münzsammler und wollten von Onkel Eduard einige Münzen kaufen. Axels Onkel war ein bekannter und angesehener Händler, und die Knickerbocker-Bande empfand es als große Ehre, ihm einmal bei der Abwicklung eines Geschäfts zusehen zu dürfen.

Tante Esmeralda schloss die Vorhänge. Einen Augenblick lang war es stockfinster. Mit einer schnellen Handbewegung knipste sie eine Stehlampe an. Dann stellte sie drei kleine Lampen auf den Eichentisch.

„Nur bei diesem Licht können die Sammler die Ware auch wirklich begutachten", erklärte sie den vier Freunden mit gedämpfter Stimme.

Die Tür schwang leise knarrend auf, und Onkel Eduard schritt in den Raum. Er trug einen schwarzen Gehrock, der bestimmt schon mehr als ein halbes Jahrhundert aus der Mode war, aber ihm ausgesprochen gut stand.

Hinter ihm tauchten Herr von Ripp, Herr Emerson und Herr Britt auf. Tante Esmeralda flüsterte der Bande leise zu, wer wer war.

„Der Erste ... der Dicke ... das ist Ludwig von Ripp. Er stinkt manchmal ein wenig, aber er kauft immer besonders viel. Der hinter ihm ist Augustus Emerson. Ein Amerikaner, der keine Manieren hat. Kaut ständig Kaugummi – Onkel Eduard vergleicht ihn mit einer wiederkäuenden Kuh. Ich habe ihn einmal dabei ertappt, wie er einen Kaugummi unter die Tischplatte geklebt hat!"

Poppi kicherte leise und erhielt dafür einen strafenden Blick des Münzhändlers. Niemand durfte die Verkaufszeremonie stören. Augenblicklich verstummte das Mädchen.

„Der Letzte ist Willy Britt, den ich nicht ausstehen kann. Er macht einen schmierigen Eindruck, findet ihr nicht auch?", fragte Tante Esmeralda. Die Knickerbocker nickten zustimmend. „Angeblich verkauft er manchmal Fälschungen. Uns kann das ja egal sein, denn hier bekommt er auf jeden Fall nur echte Ware!"

Onkel Eduard bot den drei Sammlern einen Platz an, ging mit steifen Schritten zu einem Wandsafe, öffnete ihn und holte ein kleines Tablett mit etwa dreißig Münzen heraus. Als er sie in das Licht der Stehlampe hielt, funkelten sie wie kleine Spiegel.

Der Onkel zeigte den drei interessierten Herren ein Stück nach dem anderen. Jeder nahm die Münzen in die Hand und betrachtete sie prüfend durch eine kleine Lupe, die er sich in die Augenhöhle geklemmt hatte.

„Als Höhepunkt möchte ich Ihnen heute die zerbissene Münze anbieten. Eine Kostbarkeit aus der Südsee. Die Münze sieht aus, als wäre sie in der Mitte von einem Hai benagt worden. Sie ist über 600 Jahre alt und stammt aus einem Piratenschatz", verkündete Onkel Eduard feierlich und reichte den Männern sein Prachtstück. Abermals wanderte die Münze von einem zum anderen und schließlich wieder zurück auf das kleine samtbezogene Tablett.

„Nun, meine Herren, wie haben Sie sich entschieden?“, fragte Onkel Eduard.

Ehe noch einer der drei antworten konnte, ertönte ein leiser Knall, und alle Lichter erloschen. Im Zimmer herrschte Finsternis.

„Die Sicherung … das ist schon wieder die Sicherung!“, jammerte Tante Esmeralda.

„Moment … ich habe ein Feuerzeug!“, meldete sich Herr von Ripp. „Aber wo ist es nur? Ich kann es im Augenblick nicht finden!“

„Warten Sie … ich denke, ich habe Zündhölzer eingesteckt“, sagte Augustus Emerson. Aber auch er fand sie nicht.

Schließlich flammten vier Taschenlampen auf und beleuchteten die Herren am Tisch. „Danke, Kinder“, sagte Onkel Eduard. „Bitte leuchtet Tante Esmeralda den Weg zum Sicherungskasten.“

Als das Licht wenige Minuten später wieder anging, rief der Münzhändler entsetzt: „Die zerbissene Münze ist weg!“

Erschrocken sprangen die drei Sammler auf.

„Sie wird zu Boden gefallen sein“, meinte Willy Britt. „Wir werden sie schon finden!“

Aber die Suche blieb erfolglos.

Onkel Eduard musterte seine Kunden. „Meine Herren, ich habe den Verdacht, dass einer von

Ihnen die Münze im Schutz der überraschenden Dunkelheit eingesteckt hat!"

„Frechheit!", empörte sich Mister Emerson und packte einen Kaugummistreifen aus. Er ließ ihn in seinem Mund verschwinden und begann wieder heftig zu kauen.

„Unerhört, das ist eine Beleidigung, die ich mir nicht gefallen lassen muss!", protestierte Herr von Ripp.

Willy Britt schloss sich dem Protest an.

Der Münzhändler rief sofort die Polizei. Bis sie eintraf, durfte niemand den Raum verlassen. Die Kriminalbeamten durchsuchten jeden der drei Männer gründlich, fanden aber die zerbissene Münze nicht. Auch die Knickerbocker mussten ihre Taschen ausleeren, doch selbstverständlich war keiner der vier der Dieb.

Die Polizei zog ohne Ergebnis ab.

Wütend verabschiedeten sich die drei Herren und schworen, nie wieder bei Onkel Eduard einzukaufen. Sie wollten sich nicht als Ganoven verdächtigen lassen.

Bevor sie das Zimmer verließen, rief jedoch Lieselotte plötzlich: „Halt … nicht so schnell –"

KRIMI-FRAGE:

Weißt du, was dem Superhirn der Knickerbocker-Bande ein- beziehungsweise aufgefallen ist?

KRIMI-LÖSUNG:

M	I	E	S		T	E	R	R	P	
E	M	R	E	T	R	S	F	O	E	N
	H	G	A	G	T		B	D	F	I
E		T	M	B	Ü	N	H	Z	H	E
	M	!	I	F	T		N	S	N	E
I	N	H	E	E	M		J	K	J	A
U	G	N	U	R	M	M	K	I	K	
U	N	J	T		E	N	H		O	A
N		:	D	!	I	E	:		Ä	T
I	S	O	C	W	H	P	:	L	:	A
T	T		E	S		G	F	E	E	K
L	E	L	B	D	T		R	U	2	N
D		J	W	C	O	L	G	L	3	T
E		U	S		I	E	T		F	G
E	R	K	A	5	D	E	H		G	A
N		E	S	G	I	C	A	H	B	
N	E	R	H	H	M	E	S	N	J	.
	S	D	F	L	:		Ö	P	S	T
E	R	R	R	E	D	B	H	D	N	!
E	D	J	K	L	Ö	V	C	R	!	

Ergebnis

DIE KNICKERBOCKER BANDE

Wie viele Lupen hast du gesammelt?

77–68 Lupen:
Du bist Meisterdetektiv und Super-Knickerbocker.

67–58 Lupen:
Du bist ein Super-Knickerbocker.

57–48 Lupen:
Du bist ein echter Knickerbocker.

47–38 Lupen:
Du wirst in die Knickerbocker-Bande aufgenommen.

37 oder weniger Lupen:
Löse noch einmal viele Krimis aus diesem Buch und trainiere mit deinen Knickerbocker-Freunden. Bald wirst auch du ein Meisterdetektiv und Super-Knickerbocker werden!

So schreibst du Geheimbotschaften:

➡ Lege die Karte auf ein Blatt Papier und ziehe links und rechts an den Kanten Linien.

➡ Schon kannst du zu schreiben beginnen. Schreibe Buchstabe für Buchstabe von links nach rechts in die Löcher. Ist eine Zeile voll, die Karte ein Stück weiter nach unten schieben.
ACHTUNG: Die freien Plätze zwischen den Wörtern mit einem kleinen Punkt markieren!

➡ Wenn du fertig bist, nimm die Karte weg. Füge nun irgendwelche Buchstaben bunt gemischt zwischen den Buchstaben deiner Botschaft ein. Dadurch wird sie verschlüsselt. **ACHTUNG:** Wo ein Punkt ein leeres Feld markiert, keinen Buchstaben hinschreiben. Sonst wird es zu verwirrend.

Auflösung von Seite 4:

Als die vier den Zeichenwettbewerb einer Lederhosenfirma gewannen und einander bei der Preisverleihung kennen lernten.

Als Ravensburger Taschenbuch
Band 6117
erschienen 1999

Der Band enthält eine Auswahl aus
„Superheiße Spuren. Ratekrimis Band 3“ und
„Heiße Spuren für Meisterdetektive. Ratekrimis Band 4“
von Thomas Brezina, erschienen 1993 und 1994
bei hpt-Verlagsgesellschaft m.b.H. & Co KG, Wien

Umschlagillustration: Ferenc B. Regös
Umschlagfotografie: Martin Vukovits
Innenillustrationen: Atelier Bauch-Kiesel

Printed in Germany

Die Schreibweise entspricht den Regeln
der neuen Rechtschreibung.

1 2 3 4 5 6 04 03 02 01 00 99

ISBN 3-473-56117-7

Leseprobe

Axel, Dominik und Lieselotte war gar nicht aufgefallen, dass sich Poppi entfernt hatte. Als sie ihren Schrei hörten, drehten sie sich erschrocken um. Es war bereits zu spät. Sie konnten ihrer Freundin nicht mehr helfen. Der Komodowaran schnappte gerade zu.

„Nein!“, brüllte Lilo. „Hau ab! Verschwinde!“

„Joe! Joe, komm schnell!“, riefen Dominik und Axel in Richtung Straße. Aber Joe meldete sich nicht.

Der Komodowaran warf den Kopf hin und her. Mit seinem massigen Körper verdeckte er seine schreckliche Tat.

„Joe ... wir müssen ... ihn holen!“, stammelte Axel. Der Schock hatte ihn fast gelähmt. Steifbeinig bewegte er sich über die Wiese zur der Stelle, wo das Auto stehen geblieben war. Ohne darauf zu achten, kam er den Büschen am Rand der Wiese sehr nahe. Als er das Rascheln hörte, war es bereits zu spät. Wie ein grüngrauer Schatten schoss ein weiterer Waran heraus und stieß Axel zu Boden. Er spürte die schweren Pranken auf seinem Rücken und wusste, dass er keine Chance hatte zu entkommen.

Lieselotte und Dominik rangen nach Luft. Sie blickten von Poppi zu Axel und von Axel zu Poppi.

Helfen! Wir müssen ihnen helfen, schoss es beiden durch den Kopf. Aber wie? Gegen die Warane waren sie ohne Gewehr machtlos. Die Tiere waren fast so groß wie ein Kleinwagen.

„Joe ... er hat ... ein Gewehr im Wagen", stammelte Dominik. Er blieb in der Mitte der Grasfläche, falls noch weitere Komodowarane hinter den Sträuchern lauerten. Taumelnd, stolpernd, torkelnd und keuchend kämpfte er sich Richtung Straße. Er war noch keine zwanzig Schritte weit gekommen, als der Boden unter seinen Füßen nachgab. Mit einem erschrockenen Schrei stürzte er in die Tiefe. Er landete weich auf einer dicken Schicht aus fauligem Stroh. Stöhnend richtete er sich auf und sah nach oben. Die Öffnung schien ihm kilometerweit entfernt. Da er alles andere als sportlich war, würde er hier nie herauskommen.

Lieselotte hatte den Absturz ihres Kumpels beobachtet und wollte zu ihm hinüberlaufen.

„Hilfe ... helft mir doch", hörte sie Axel stöhnen.

Der Komodowaran gab brüllende und zischende Laute von sich. Aus seinem Maul tropfte weißer Schaum.

Lilo stutzte. Axel und Poppi schienen unverletzt. Die Warane hielten sie nur auf den Boden gepresst. Spielten sie vielleicht noch mit ihrer Beute, wie Katzen das manchmal mit Mäusen tun?

„Joe ... wo steckt er denn?“, krächzte Lilo, deren Hals wie zugeschnürt war. Sie atmete ein paar Mal tief durch und versuchte sich ein bisschen zu beruhigen. Ruhe war in einem so schrecklichen Augenblick das Wichtigste. Sie wusste es von ihrem Vater. Er war Bergführer und hatte es Lilo immer wieder eingeschärft.

Aber wie konnte sie Ruhe bewahren, wenn die besten Freunde in den Klauen der letzten Drachen der Erde waren?

Das Brüllen und Fauchen der Warane wurde heftiger. Weißer Dampf quoll aus ihren Nasenlöchern. Sie hoben die Köpfe, rissen die Kiefer auf und zeigten lange Reihen messerscharfer Zähne.

„Lilo! Lilo!“, kam Dominiks Stimme aus der Grube. Er klang sehr aufgeregt. War dort unten vielleicht auch eine dieser schaurigen Echsen?

Die Komodowarane holten tief Luft, pumpten sich dick auf und dann ...

Lieselotte kniff die Augen zusammen. Sie erlebte einen Albtraum am hellichten Tag. Das gab es nicht. Das konnte nicht sein. Es war unmöglich. Oder?

Die Reptilien spien Feuer. Meterlange Feuerfontänen schossen aus ihren Mäulern in die Luft.

Es waren Drachen. Echte Drachen. Drachen, wie in Märchen und Sagen. Aber wie war das möglich? Wie konnte es so etwas geben?

Das Tier über Poppi zuckte auf einmal heftig mit dem Kopf. Ruckartig bewegte es ihn von einer Seite auf die andere.

Links-rechts-links-rechts. Unermüdlich. Dazu gab es klickende Laute von sich.

Der Komodowaran, der Axel niedergestoßen hatte, holte schon wieder Luft und setzte zu einem weiteren Feuerstoß an. Seine schuppige, faltige Haut wurde prall und glatt. Das Einatmen schien kein Ende zu nehmen. Immer dicker und runder wurde das Reptil.

Lieselotte schlug die Hände vor das Gesicht und sah durch die Finger. Der Waran begann zu platzen. Die Haut riss auf. Darunter kamen dunkelgraue Muskeln zum Vorschein, die aber glatt und glänzend waren.

Aus dem Maul des Tieres schoss mit einem donnernden Geräusch der nächste Feuerstrahl zum Himmel. Danach senkte der Waran den Kopf und fixierte Axels Beine. Wieder begann das pumpende Atmen.

„Nein, kein Feuer. Nicht!“, schrie Lieselotte.

Sie sah sich nach einem dicken Stock um, mit dem sie den Komodowaran vielleicht vertreiben konnte. Das Einzige, was sie fand, war ein faustgroßer Stein. Sie hob ihn auf, zielte und warf.

Der Stein prallte an dem mächtigen Tier ab, als wäre er aus Watte, und fiel zu Boden.

„Lilo ... schnell ... komm her!“, rief Dominik aus dem Loch, in das er gestürzt war.

„Ich kann jetzt nicht ... Poppi ... Axel ... die Biester spucken Feuer!“, keuchte Lieselotte.

Der Komodowaran über Axel sah fast schon wie eine Kugel aus. Die Kiefer klappten weit auseinander und die Augen leuchteten rot auf. Der Feuerstrahl würde Axels Beine versengen.

Aber auch das Tier, das Poppi niederdrückte, setzte zu einem Feuerstoß an.

„Lilo, hier sind Kabel!“, meldete Dominik aufgeregt.

Kabel? Das Wort klang in Lieselottes Ohren wie Würstchen mit Marmelade.

Leseprobe aus:
Die Knickerbocker-Bande, Band 51
„Der Schatz der letzten Drachen“
von Thomas Brezina

DIE KNICKERBOCKER-BANDEN-CHECKLISTE

KREUZE EINFACH DIE KNICKERBOCKER-BÄNDE AN, DIE SCHON IN DEINEM REGAL STEHEN.

❑ 1 Rätsel um das Schneemonster
❑ 2 Ein Ufo namens Amadeus
❑ 3 Lindwurmspuk vor Mitternacht
❑ 4 Wenn die Turmuhr 13 schlägt
❑ 5 Bodenseepiraten auf der Spur
❑ 6 Das Phantom der Schule
❑ 7 Die Tonne mit dem Totenkopf
❑ 8 Wo ist der Millionenstorch?
❑ 9 Treffpunkt Schauermühle
❑ 10 Der Fluch des Schwarzen Ritters
❑ 11 Die Nacht der Weißwurst-Vampire
❑ 12 Schokolade des Schreckens
❑ 13 Der Ruf des Gruselkuckucks
❑ 14 Jagd auf den Hafenhai
❑ 15 Das Zombie-Schwert des Sultans
❑ 16 SOS vom Geisterschiff
❑ 17 Die Rache der Roten Mumie
❑ 18 Kolumbus und die Killerkarpfen
❑ 19 Die Gruft des Barons Pizza
❑ 20 Insel der Ungeheuer
❑ 21 Frankensteins Wolkenkratzer
❑ 22 Der tätowierte Elefant
❑ 23 Die Drachen-Dschunke
❑ 24 Der weiße Gorilla
❑ 25 Der Grüne Glöckner
❑ 26 Im Dschungel verschollen
❑ 27 Im Tal der Donnerechsen
❑ 28 Titanic, bitte melden!
❑ 29 Der Eiskalte Troll
❑ 30 Im Reich des Geisterzaren
❑ 31 Der Bumerang des Bösen
❑ 32 Kennwort Giftkralle
❑ 33 Das Riff der Teufelsrochen
❑ 34 Das Geheimnis der gelben Kapuzen
❑ 35 Der Geisterreiter
❑ 36 Im Wald der Werwölfe
❑ 37 Die giftgelbe Geige
❑ 38 Das Haus der Höllensalamander
❑ 39 Das Biest im Moor
❑ 40 Die Maske mit glühenden Augen
❑ 41 Die Hand aus der Tiefe
❑ 42 13 blaue Katzen
❑ 43 Die Rote Mumie kehrt zurück
❑ 44 Die Höhle der Säbelzahntiger
❑ 45 Der Mann ohne Gesicht
❑ 46 Hinter der verbotenen Tür
❑ 47 Das Phantom der Schule spukt weiter
❑ 48 Der unsichtbare Spieler
❑ 49 Es kam aus dem Eis
❑ 50 Der Schrei der goldenen Schlange
❑ 51 Der Schatz der letzten Drachen
❑ 52 Das Wesen aus der Teufelsschlucht

DIE KNICKERBOCKER-BANDE

Thomas Brezina

DIE KNICKERBOCKER BANDE®

Ratekrimis

Noch mehr Fälle

für alle Hobby- oder Meisterdetektive und Super-Knickerbocker gibt es in weiteren Ratekrimis von Thomas Brezina:

- ❑ Ratekrimis 1 — Gift für den Killerwal
- ❑ Ratekrimis 2 — Wenn der Wolfsmann heult
- ❑ Ratekrimis 3 — Die Gänsehaut-Orgel
- ❑ Ratekrimis 4 — Pferdehof in Gefahr
- ❑ Ratekrimis 5 — Die Geisterkatze zeigt die Krallen
- ❑ Ratekrimis 6 — Unternehmen Wüstenwurm
- ❑ Ratekrimis 8 — Raub beim Ritterfest